# Dulce inocencia

## Kathryn Ross

Bianca™

♦ HARLEQUIN™

Editado por HARLEQUIN IBÉRICA, S.A.
Núñez de Balboa, 56
28001 Madrid

I.S.B.N.: 978-84-671-6826-6
Depósito legal: B-54240-2008
Editor responsable: Luis Pugni
Preimpresión y fotomecánica: M.T. Color & Diseño, S.L.
C/. Colquide, 6 portal 2 - 3º H. 28230 Las Rozas (Madrid)
Impresión y encuadernación: LITOGRAFÍA ROSÉS, S.A.
C/. Energía, 11. 08850 Gavá (Barcelona)
Fecha impresion para Argentina: 3.8.09
Distribuidor exclusivo para España: LOGISTA
Distribuidor para México: CODIPLYRSA
Distribuidores para Argentina: interior, BERTRAN, S.A.C. Vélez
Sársfield, 1950. Cap. Fed./ Buenos Aires y Gran Buenos Aires,
VACCARO SÁNCHEZ y Cía, S.A.
Distribuidor para Chile: DISTRIBUIDORA ALFA, S.A.

# Prólogo

LA PALABRA venganza resultaba muy fea. Damon Cyrenci prefería pensar en sus actos de manera más elemental. Sencillamente, tenía un gran sentido de la oportunidad y lo había aprovechado.

Que llevase un tiempo queriendo comprar la empresa Newland, y que al conseguirlo obtuviera más satisfacción personal que comprando cualquier otra, era irrelevante. Lo importante era que los días en los que John Newland arruinaba a sus competidores con sus sucias tretas estaban a punto de terminar.

Mientras la limusina atravesaba la calle principal, Damon observaba la puesta de sol en el cielo de Las Vegas. Aquélla era la ciudad en la que su padre lo había perdido todo. Y también era la ciudad en la que él había cometido el error de dejar que una mujer se le metiera en el corazón. Y le parecía lo más justo que fuese también el sitio en el que, por fin, consiguiera lo que quería.

Pasaron por delante del hotel Grand, del Caesar's Palace, del New York New York… y cuando el rosa del cielo empezaba a volverse gris, el desierto se iluminó con un millón de luces.

La limusina se detuvo frente a la impresionante fachada del edificio Newland y Damon se permitió saborear el momento. Su objetivo estaba prácticamente conseguido. En unos minutos se vería cara a cara con John Newland y lo tendría exactamente donde siempre había querido tenerlo.

Entonces recordó la última vez que se habían visto. Qué diferente había sido entonces la reunión…

Dos años y medio atrás, John, que entonces era quien tenía un as en la manga, lo había recibido tras una impresionante mesa de despacho para negarle un aplazamiento en la apropiación del negocio de su padre.

Una semana, eso era todo lo que Damon necesitaba para recuperar valiosas posesiones a su nombre. Pero Newland se había mostrado inflexible.

—Yo no me dedico a hacer obras benéficas, Cyrenci. Me dedico a ganar dinero. Su padre debe entregarme inmediatamente las escrituras de todas sus propiedades. Claro que… —Newland se detuvo un momento—. Podría dejar que conservasen la casa familiar en Sicilia… con una condición.

—¿Qué condición? —había preguntado él.

—Que se aleje de mi hija y no vuelva a verla nunca.

Damon recordaba la furia que había sentido al oír eso, pero logró permanecer impasible.

–No pienso hacerlo.

Y fue entonces cuando John Newland se rió de él.

–Abbie le ha engañado bien, ¿verdad? Pues deje que le diga una cosa, Cyrenci: mi hija está acostumbrada a llevar un lujoso tren de vida… un tren de vida que usted no podría ofrecerle ahora que su negocio familiar se ha ido al garete. Y le aseguro que Abbie no seguirá interesada.

–Ése es un riesgo que estoy dispuesto a correr –replicó Damon.

John Newland se encogió de hombros.

–No tiene nada que hacer. Abbie sólo salió con usted para hacerme un favor. Necesitaba que me dejase en paz y ella era una distracción perfecta. ¿Cree que el fin de semana en Palm Springs fue un impulso repentino? Pues no, fue idea mía. Abbie sabía que necesitaba algún tiempo para redondear mi acuerdo con su padre y se alegró de poder ayudarme… claro que siempre que haya dinero, mi hija estará ahí. Créame, no seguirá con usted cuando el dinero se haya acabado.

El chófer abrió la puerta de la limusina, dejando entrar el calor de la noche, un calor casi tan intenso como la rabia que había sentido entonces. No fue difícil descubrir que, por una vez, John Newland estaba diciendo la verdad. Abbie sabía lo que tramaba su padre y lo había ayudado.

Como él, no era más que una tramposa, fría y egoísta.

Apartando de sí esos pensamientos, Damon bajó de la limusina.

Ésa fue una lección que no olvidaría nunca. Pero había logrado superarla y darle la vuelta a la situación.

La entrada del hotel-casino Newland era palaciega, con techos recubiertos de pan de oro y vidrieras que le daban el aire de una catedral. Sólo el sonido de las máquinas tragaperras revelaba la verdad.

Saludando con la cabeza a los empleados de recepción, se dirigió a los ascensores. Conocía bien el camino hasta el despacho de Newland. Aquél era el momento que llevaba tanto tiempo esperando.

John Newland estaba sentado al final de una larga mesa de caoba, su rostro en sombras. Tras él, un ventanal ofrecía una panorámica de Las Vegas brillando como un espejo en medio del desierto. Pero Damon no estaba interesado en eso.

–Creo que estaba esperándome –dijo, cerrando la puerta tras él.

Silencio.

Damon avanzó hasta que pudo ver claramente a su némesis: pelo gris, expresión seria. La última vez que se vieron, John Newland lo miraba con desdén. Ahora, en cambio, estaba pálido y había un rictus de aprensión en sus labios.

Resultaba difícil creer que aquel hombre fuese el padre de Abigail…

Recordaba el día que se conocieron, en la piscina del hotel. Recordaba su pelo rubio, las gotas de agua rodando por su piel morena, las sensacionales curvas bajo el diminuto bikini, la perfección de sus facciones, los grandes ojos azules, la suavidad de sus labios…

Cómo la había deseado.

El repentino recuerdo hizo que se acalorase.

–Llega temprano, Cyrenci. El consejo no se reunirá hasta dentro de media hora.

La tensa voz de John Newland devolvió a Damon al presente. Ya tendría tiempo más tarde para concentrarse en Abbie.

–Los dos sabemos que la reunión del consejo sólo es una formalidad –Damon dejó el maletín sobre la mesa–. El imperio Newland es mío.

John Newland se puso aún más pálido.

–Mira… Damon… hemos tenido nuestras diferencias en el pasado, pero espero que podamos dejar todo eso atrás y quizá llegar a un acuerdo aceptable para los dos –el tono brusco había sido reemplazado por uno de pura desesperación–. He hablado con varios miembros del consejo…

–Todo ha terminado –lo interrumpió él–. Y creo que debería aceptarlo de una vez.

–Pero tú podrías ayudarme si quisieras.

¿Estaba hablando en serio? Damon lo miró, incrédulo.

–¿Por qué iba a ayudarlo? Según sus propias palabras: soy un hombre de negocios, no me dedico a la caridad.

—Aún tengo fichas que mover –dijo Newland entonces.

—¿Por ejemplo? –Damon apenas lo escuchaba mientras sacaba del maletín la lista de propiedades de la compañía… propiedades que ahora eran suyas. Sabía que John Newland no tenía ninguna ficha que mover porque todas estaban allí, en su mano.

—Si no recuerdo mal, una vez estuviste enamorado de mi hija…

Damon lo fulminó con la mirada. No podía creer lo que estaba oyendo.

—De hecho, la deseabas de tal forma que estabas dispuesto a renunciar a la casa de tu familia en Italia por estar con ella –le recordó John Newland.

—Todos cometemos errores.

—La semana pasada Abbie cumplió veintiún años y te aseguro que ahora es aún más bella que antes –siguió el hombre–. Y su madre fue lady Annabel Redford. Abbie tiene contactos influyentes en Inglaterra que podrían abrirle las puertas a un empresario como tú.

—No estoy interesado.

—Yo creo que deberías estarlo. Y si yo hablase con ella…

—Abbie sigue haciendo todo lo que le pide papá, ¿no?

—Tengo cierta influencia, sí.

—No tiene usted nada –Damon puso la lista de propiedades sobre la mesa, delante de él, y señaló un nombre con el dedo–. Esto le pertenece a Abbie, ¿verdad? Establos Redford, Santa Lucía.

John Newland no contestó.

–¿Cree que Abbie lo ayudaría, *John*, cuando descubra que ya no puede llevar ese lujoso tren de vida por su culpa? Yo no lo creo. Como los dos sabemos, Abbie sólo es leal al mejor postor. Así que no creo que ni su hija ni usted estén en posición de negociar –siguió Damon–. Pero le aseguro que voy a revisar mi nueva propiedad con gran detalle. De hecho, mañana mismo me voy a Santa Lucía. ¿Quiere que le dé algún mensaje a su hija?

Newland se quedó en silencio un momento antes de levantar la cabeza.

–No, pero tengo uno para su hijo… dile que su abuelo le manda un beso.

Al ver el desconcierto reflejado en el rostro de Damon Cyrenci, John Newland sonrió, satisfecho.

# Capítulo 1

ERA LA ESTACIÓN de los huracanes en Santa Lucía y los medios de comunicación habían advertido sobre ello. El huracán Michael, de categoría tres, iba ganando fuerza a medida que se acercaba y, según el informe del tiempo, llegaría a las costas de Santa Lucía en veinticuatro horas.

Pero, por el momento, el sol empezaba a ponerse en el horizonte y ni un soplo de viento movía las altas palmeras que rodeaban a los establos Redford.

Abbie, sin embargo, no se dejaba engañar por la aparente calma. El año anterior un huracán casi había destruido el tejado de los establos. Tardó mucho tiempo en repararlo y, económicamente, seguía acusando el desastre. No podría soportar otra catástrofe.

Así que había pasado la tarde preparándose para el huracán: clavando tablones frente a las ventanas, remachando el tejado…

Mucho después de que sus empleados hubieran vuelto a sus casas, seguía llevando herramientas al almacén.

—Abbie, tu padre ha vuelto a llamar —le gritó Jess desde el porche, con el niño en brazos—. Ha dejado otro mensaje en el contestador.

—Muy bien —Abbie se apartó el pelo de la cara. No tenía nada que decirle a su padre y no estaba interesada en sus mensajes, pero no podía dejar de preguntarse por qué habría vuelto a llamarla.

Cuando subió al porche Mario alargó los bracitos hacia ella y Abbie, riendo, tomó a su hijo en brazos, apretándolo contra su corazón y besando su carita sin parar. Mario tenía veintiún meses y era un niño precioso. Lo único que hacía su vida soportable.

—¿No tenías una cita esta noche, Jess? Venga, márchate de una vez.

—Si de verdad crees que puedes arreglártelas solas, me vendría estupendamente…

—Sí, claro. Ve y pásalo bien.

Jess, de dieciocho años, era su empleada más joven y también la más trabajadora. Además de ser una niñera capacitada y una soberbia amazona, la ayudaba en todo lo posible. En realidad, no sabría qué hacer sin ella.

Empezaba a hacerse de noche y los establos estaban en un solitario camino que llevaba hasta una cala desierta. Sus vecinos más cercanos vivían a varios kilómetros de distancia y pocos coches pasaban por allí. Normalmente no le importaba la soledad, al contrario. Pero cuando el jeep de Jess desapareció por el camino se sintió extrañamente aislada.

No era nada, el triste estado de ánimo se debía a la tormenta que estaba a punto de llegar, se dijo mientras entraba en la casa. Y a las llamadas de su padre.

En cuanto entró en el salón su mirada se dirigió hacia la lucecita parpadeante del contestador. Pero quisiera lo que quisiera, ella no estaba interesada. Metería a Mario en su cuna y borraría las llamadas más tarde, pensó mientras subía la escalera.

Cuando el niño se quedó dormido, Abbie salió de la habitación y se dirigió a su dormitorio.

Se había puesto una bata de seda y estaba a punto de bajar para tomar una copa de vino antes de irse a dormir cuando volvió a sonar el teléfono y, como siempre, ella dejó que saltara el contestador.

–Abbie, ¿dónde demonios estás? –oyó la airada voz de su padre–. ¿No has escuchado mis mensajes? Esto es importante.

Era raro que oír su voz la pusiera tan nerviosa. Seguramente serían tantos años de condicionamiento… de tener miedo a ignorar sus órdenes.

Pero se recordó a sí misma que su padre ya no dirigía su vida, que ya no podía hacerle daño.

–¿Me oyes, Abigail?

Seguramente querría hacerla volver a Las Vegas para que acudiese a alguna de sus fiestas. Esa idea la estremeció. Había escapado de esa vida dos años antes y su padre debería haberlo entendido de una vez. Sus tácticas amenazantes ya no funcionaban con ella. No pensaba volver.

Iba a desconectar el teléfono cuando lo oyó mencionar un nombre… un nombre que la dejó inmóvil. Un nombre que puso su mundo patas arriba.

Damon Cyrenci.

Llevaba tanto tiempo intentando borrar ese nombre de su cabeza, fingir que no había existido nunca… la única manera de hacerlo había sido trabajando a todas horas, cayendo agotada en la cama al final del día. Pero incluso así, a veces veía su atractivo rostro en sueños. Imaginaba que la acariciaba, veía sus labios aplastando los suyos…

Y despertaba con los ojos llenos de lágrimas.

–Lo he perdido todo, Abigail, todo. Damon Cyrenci se ha quedado con todo lo que poseía –estaba diciendo su padre–. Y eso incluye los establos de Santa Lucía porque son propiedad de la empresa.

Abbie intentó concentrarse en lo que estaba diciendo. Los establos eran de ella… ¿o no?

–Y va hacia Santa Lucía ahora mismo para hacerse cargo de la propiedad.

Esas palabras la golpearon con la fuerza de un huracán. ¡Damon iba hacia allí! Damon, el amor de su vida, el padre de su hijo, el único hombre al que se había entregado por completo.

A pesar del tiempo y la distancia había seguido anhelándolo y ése era un anhelo con el que había tenido que aprender a vivir.

Abbie se dejó caer en el sofá. Era eso o caer al suelo. Damon iba a Santa Lucía. Era lo único que podía pensar.

¿Cómo sería ahora? ¿Qué le diría? ¿Seguiría furioso con ella? ¿Qué diría cuando descubriese que tenía un hijo?

¿La habría perdonado?

Abbie enterró la cara entre las manos.

Recordaba el día que conoció a Damon. Recordaba que el calor de aquel soleado día no podía compararse con el calor que había en su mirada oscura. Era muy alto, más de metro noventa, y llevaba un traje de verano que le sentaba perfectamente a su físico atlético.

—Tú debes ser Abbie Newland —le había dicho a modo de saludo, su atractivo acento italiano añadiendo gasolina al fuego que se había encendido en su interior.

Tenía diez años más que ella. Siciliano, de pelo oscuro e intensos ojos castaños. Decir que era apuesto sería decir poco. Sencillamente, era el hombre más guapo que había visto nunca.

—Soy Damon Cyrenci. Tu padre me ha dicho que te encontraría aquí.

La desilusión de Abbie fue casi tan intensa como la atracción que sentía por él. Porque aquél era el hombre con el que su padre le había ordenado salir. Esa orden la había enfurecido, pero no podía negarse; su plan había sido mostrarse antipática. Entonces podría decirle a su padre que, a pesar de haber hecho lo que le había pedido, Damon Cyrenci no la había invitado a salir. Pero en cuanto clavó los ojos en el guapo siciliano, su cuerpo decidió que no estaba de acuerdo con esa idea.

–¿Quieres que tomemos una copa? –Damon señaló la barra del bar entre los árboles que rodeaban la piscina.

–Sí, bueno, pero sólo un rato –respondió ella–. No tengo mucho tiempo.

–¿Qué otra cosa tienes que hacer? –le había preguntado él, sonriendo. Era evidente que la creía una ociosa.

Y seguramente eso era lo que pensaba todo el mundo en Las Vegas, pero el comentario la molestó. Le habría gustado decirle que las apariencias podían ser engañosas, que estaba atrapada en una jaula de oro, obligada a acudir a las fiestas que organizaba su padre… pero no lo hizo. En cualquier caso, él no hubiera estado interesado. Y si su padre se enteraba, las consecuencias podrían ser devastadoras.

De modo que se encogió de hombros.

–Ah, claro, soy la niña mimada de un millonario, ¿qué otra cosa podría tener que hacer esta tarde? Aparte de tomar el sol, ir de compras o pasarme por el salón de belleza, claro.

Damon sonrió.

–Debe ser una vida muy dura.

–Lo es, pero alguien tiene que hacerlo.

Aunque había intentado parecer frívola, él debió notar que la había molestado porque, de repente, su tono se suavizó.

–¿Quieres que empecemos otra vez? Soy Damon Cyrenci y he venido a Las Vegas a negociar la venta de una cadena de restaurantes propiedad de mi padre.

Abbie miró la mano que le ofrecía y vaciló un momento antes de estrecharla. ¿Qué estaría tramando su padre?, se preguntó. ¿Obedecer sus órdenes sería perjudicial para alguien?

Entonces lo miró a los ojos y se dijo a sí misma que daba igual lo que estuviera tramando su padre, aquel hombre era más que capaz de cuidar de sí mismo.

–Abigail Newland –sonrió, estrechando su mano. Le gustó el roce de su piel. Y le gustó el cosquilleo que sintió al verlo sonreír.

Recordaba que habían cenado juntos esa noche y que Damon la había besado; un beso intenso, apasionado, ardiente.

Habían salido juntos durante cinco semanas y sus sentimientos por él empezaron a convertirse en algo profundo. Abbie apretó los puños al recordarlo porque, debido a la situación, sabía que se vería obligada a decirle adiós.

La red había sido tendida, pero fue ella quien quedó atrapada. Porque, en esas breves semanas, se había enamorado de Damon Cyrenci.

El teléfono sonó entonces interrumpiendo sus pensamientos y, de nuevo, esperó que saltase el contestador.

–Abbie, por favor, contesta…

No había hablado con su padre desde la muerte de su madre, dos años antes. Y, pasara lo que pasara, no pensaba hablar con él.

—Esto es una venganza, Abigail... y tú eres la siguiente en la lista de Cyrenci. Sabe lo que hiciste, sabe que fuiste cómplice en la destrucción de su padre. Pero, afortunadamente, yo sigo pensando por los dos. Le he hablado de Mario. Se puso furioso, pero el niño es nuestro as en la manga.

Abbie se sintió enferma. Odiaba a su padre, odiaba su forma de pensar, sórdida y terrible...

No sabía cuánto tiempo había estado allí, sentada en el sofá, a oscuras. La conexión se había cortado, pero el silencio de la casa la envolvía como una garra.

Entonces oyó en la distancia el motor de un coche.

«Y va hacia Santa Lucía ahora mismo para hacerse cargo de la propiedad».

Desde luego, el propietario de aquel coche se dirigía a su casa... no había ninguna otra por allí.

# Capítulo 2

EL ESTRIDENTE sonido del timbre la sobresaltó. Y, durante unos segundos, se quedó petrificada.

¿De verdad era Damon al otro lado de la puerta? Había soñado con ese momento. Había soñado que iría a buscarla cuando descubriera que tenían un hijo. Que la perdonaría.

Pero sólo eran sueños. Ella era lo bastante sensata como para darse cuenta de que la realidad estaba en los mensajes de su padre.

Damon no iba a perdonarla. Lo había sabido la última vez que se vieron, cuando le pidió explicaciones por lo que había hecho. Ella intentó explicárselo, pero Damon no había querido escuchar.

Y cuando intentó decirle que ella era tan víctima como él, la había interrumpido bruscamente:

—Debes pensar que soy tonto si crees que voy a tragarme más mentiras. Sé lo que eres, Abbie, una mentirosa, egoísta y fría…

—¡Damon, por favor, tienes que creerme! Yo no tengo nada que ver con esto. El tiempo que he pasado contigo ha sido muy especial para mí y…

–Deja de interpretar, Abbie –el desdén en su voz la había cortado como una espada–. Lo único bueno que puedo sacar de todo esto es que, en lo que a mí concierne, el tiempo que hemos pasado juntos sólo ha sido sexo. No siento nada por ti, además del placer de tomar tu cuerpo. Nada más.

Había una frialdad en sus ojos que no había visto antes. Era como si se hubiera quitado una máscara y estuviese viendo al auténtico Damon por primera vez.

Y le había dolido tanto… le seguía doliendo.

Pero también dejaba claro que si era Damon quien estaba al otro lado de la puerta, no había ido allí por razones sentimentales. Y, desde luego, no estaría interesado en su hijo.

El timbre rompió el silencio de nuevo y Abbie intentó calmarse. No tenía por qué sentirse culpable porque la verdad era que ella no había sido culpable de nada. Se había visto obligada a hacer lo que hizo. Y nadie tenía derecho a aparecer en su casa con propósitos vengativos.

De modo que, decidida, se dirigió a la puerta.

Damon Cyrenci estaba en el porche y, aunque lo esperaba, al verlo su corazón empezó a latir con violencia.

Él la miró de arriba abajo, observando los pies descalzos y los rizos rubios cayendo sobre sus hombros…

Y lo extraño fue que, por un momento, Abbie se sintió transportada a su primer encuentro, cuando la había mirado exactamente de la misma forma. Su aspecto era el mismo. El traje de chaqueta que llevaba destacando su físico atlético, el mismo pelo oscuro. Quizá había alguna cana en sus sienes, pero eso le daba una apariencia más distinguida.

Seguía siendo el hombre increíblemente guapo que le había robado el corazón… pero ese hombre sólo era una ilusión, se recordó a sí misma. A pesar de lo que habían compartido, ella nunca significó nada para él. Tras la fachada de simpatía, Damon Cyrenci no era más que un seductor, un depredador que disfrutaba de la emoción de la caza y nada más.

Enamorarse de él había sido un error y Abbie había aprendido la lección.

–Hola, Abigail. Ha pasado mucho tiempo.

–¿Qué haces aquí?

–¿Eso es todo lo que vas a decir después de tanto tiempo? ¿Qué tal: «me alegro mucho de verte, Damon… por qué no pasas»?

Algo en su frío tono de voz, en el brillo sardónico de sus ojos, le decía que nada había cambiado desde su último encuentro.

–No tengo tiempo para juegos, Damon.

–¿De verdad? Pues creo recordar que lo tenías en el pasado.

Abbie recordó las palabras de su padre: «Esto es una venganza, Abigail… y tú eres la siguiente en la lista de Cyrenci».

–Evidentemente ésta no es una visita de cortesía, así que di qué quieres y márchate. Perdona, pero no puedo invitarte a entrar.

–No, creo que no voy a perdonarte.

–Y no vas a entrar –repitió ella, poniendo una mano en el quicio de la puerta.

–No estás siendo nada amistosa y, dadas las circunstancias, deberías serlo. De hecho, tu padre me aseguró que lo serías.

–No sé qué ha pasado entre mi padre y tú, pero sí sé que ahora controlas el imperio Newland –Abbie se encogió de hombros–. Me da igual. Eso no tiene nada que ver conmigo.

–Ahí es donde te equivocas. Tiene mucho que ver contigo.

El hielo que había en su voz la asustó.

–Sólo quiero que te vayas –le dijo, aunque su voz sonó temblorosa.

–No pienso irme a ningún sitio.

–No vas a entrar en mi casa –Abbie intentó cerrar, pero Damon logró meter un pie en el quicio de la puerta.

–Deja que te lo explique con claridad: voy a entrar quieras o no.

–Es muy tarde y me estás asustando.

–Mejor –replicó él.

–Tendré que llamar a la policía si no me dejas en paz –lo amenazó ella.

–Sí, claro, llama a la policía. De esa manera todo será más rápido.

–¿Qué será más rápido?

–El papeleo. Como tú misma has dicho, ahora soy el propietario del imperio Newland. Y, según el informe de la empresa, no se ha pagado el alquiler de esta finca en mucho tiempo.

–¡Porque es mía! –replicó Abbie.

Damon negó con la cabeza.

–No, es mía –la corrigió–. Y estoy aquí para hacer una lista de mis propiedades.

–Ponte en contacto con mi abogado.

–No te preocupes, lo haré. Porque también quiero ver a mi hijo.

Esas palabras cayeron en el silencio como una bomba y, de repente, Abbie sintió que le fallaban las piernas.

–¿Entonces qué? ¿Vamos a hacer las cosas de forma amistosa o no? Depende de ti.

Derrotada, Abbie apartó la mano de la puerta.

Damon entró y miró alrededor, los suelos de madera, los sofás de piel marrón, la enorme chimenea de piedra. Era un sitio elegante, pero no lo que él había esperado. Los muebles eran viejos y todo tenía un aire de opulencia marchita. Pero él no estaba interesado en la decoración; estaba buscando algo que delatara la presencia de un niño. Lo vio enseguida: una caja de juguetes y un osito de peluche sobre el sofá. Al verlos, lo invadió una furia ciega.

–¿Dónde está mi hijo? Es mejor que me lo digas o iré a buscarlo por toda la casa… y por todas las casas de esta isla si es necesario.

La determinación que había en su voz la asustó pero, a la vez, despertó en ella una fuerza inusitada.

–No lo toques, Damon. No es una de las propiedades de la compañía. Es una persona y no pienso dejar que lo asustes.

–¿Y qué pasa con los derechos del padre… o eso no entra en tu retorcida lógica?

Eso era algo que Abbie se había cuestionado una y otra vez… algo que la había tenido despierta muchas noches cuando descubrió que estaba embarazada. Sí, le hubiera gustado que Mario tuviese un padre, un padre cariñoso que sólo pensara en él. Pero Damon se había marchado antes de que ella supiera que esperaba un hijo y no sabía dónde localizarlo, de modo que se consoló a sí misma pensando que le habría dado igual. Damon Cyrenci no quería saber nada de compromisos y llevaba una vida de playboy. Él mismo se lo había contado el primer día.

Lo extraño era que, cuando la tenía entre sus brazos, Abbie había imaginado que sus sentimientos eran profundos, que lo que compartían significaba algo para él. Pero había estado engañándose a sí misma. Eso había quedado bien claro cuando Damon se marchó.

El recuerdo dolía tanto aún que le habría gustado decirle que el niño que dormía en el piso de arriba no era hijo suyo y que tenía un padre bueno y cariñoso, un hombre que también la quería a ella.

Abrió la boca para decírselo, pero las palabras no salían de su garganta.

No podía mentir sobre algo tan importante.

–Tener un padre es importante para un niño…

–Ah, claro, y por eso me informaste de que iba a tener un hijo, ¿verdad?

–¿Si lo hubiera hecho te habrías quedado en Las Vegas? No lo creo. Estuvimos juntos unas semanas, nada más… no significó nada. Tú mismo lo dijiste –Abbie sacudió la cabeza, intentando contener las lágrimas que amenazaban con asomar a sus ojos–. En fin, todo eso es el pasado y ya da igual. La verdad es que no descubrí que estaba embarazada hasta que tú te habías ido y no sabía cómo ponerme en contacto contigo. No habías dejado una dirección, un número de teléfono. No sabía dónde estabas.

–Se te da bien inventar excusas –replicó él–. No, Abbie, no me lo contaste porque tu padre tenía dinero y creías que yo no tenía nada. Ésa era una consideración más importante.

–¡Eso no es verdad!

–Olvidas que te conozco bien –Damon la miró desdeñosamente de arriba abajo pero, al hacerlo, no pudo dejar de fijarse en sus sensacionales curvas bajo la bata de seda.

¿Por qué su belleza seguía perturbándolo de tal forma?, se preguntó. ¿Cómo era posible que recordase sus besos después de tanto tiempo? ¿Que recordase sus caricias, cómo se movía debajo de él?

Entonces la había deseado como un loco, pero podía perdonarse a sí mismo porque no sabía la verdad sobre ella.

¿Cómo era posible que sintiera lo mismo ahora?

–Estamos perdiendo el tiempo –le espetó, furioso consigo mismo–. Y ya he perdido demasiado.

Horrorizada, Abbie vio que se dirigía a la escalera.

–¡No puedes subir! ¡No tienes ningún derecho!

–Como padre del niño, creo que tengo todo el derecho del mundo.

Esas palabras la dejaron petrificada. Era lo mismo que sentía cuando hablaba con su padre. Saber que alguien más poderoso que tú dirigía tu vida y no poder hacer nada para evitarlo por miedo a las consecuencias…

–¡No subas! –la frase era a medias una orden y un sollozo.

–No te molestes en fingir que estás llorando porque no va a funcionar. Me da igual lo que sientas, no me importa en absoluto.

–Lo sé –suspiró Abbie–. Me lo dejaste bien claro.

Algo en su tono hizo que Damon se diera la vuelta. Y, durante un segundo, mientras la miraba a los ojos, volvió a sentir lo que había sentido por ella…

Recordaba la primera vez que hicieron el amor. Recordaba lo vulnerable que le pareció mientras desabrochaba los botones de su vestido, casi como si temiera confiarle sus emociones.

El recuerdo lo enfureció. Abbie Newland era una actriz, no había nada ni remotamente vulnerable en ella. Había hecho el papel que su padre quiso que hiciera y lo había hecho muy bien.

–Bueno, al menos nos entendemos el uno al otro.

–Sí, claro –replicó ella–. Pero debes entender que mi hijo es lo más importante del mundo para mí y si lo asustas o le haces daño haré que lo pagues.

Era como enfrentarse desarmada contra un león, pero quería que supiera que estaba dispuesta a pelear por su hijo.

–Que tus sentimientos me den igual no significa que no me importe mi hijo.

Esa respuesta debería haberla tranquilizado, pero no fue así. Al contrario.

–Está en la última habitación del pasillo –suspiró por fin–. Yo entraré primero, por si se ha despertado. Tú eres un extraño para él y no quiero que lo asustes.

Damon consideró sus palabras un momento y después dio un paso atrás.

¿Por qué quería Damon ver a su hijo? Estaba segura de que no era por interés paternal. Esos sentimientos no cuadraban con el hombre que ella sabía que era. A lo mejor sólo era curiosidad. A lo mejor se daba por satisfecho con ver la carita de su hijo antes de marcharse.

Sí, seguramente eso era lo que iba a pasar.

Abbie se sintió aliviada al ver que Mario seguía durmiendo tranquilamente. Estaba tumbado de espaldas, la carita hacia un lado. Era la viva imagen de la inocencia infantil con la boquita entreabierta, las largas pestañas oscuras sobre unos mofletes preciosos...

–Puedes entrar, pero sólo cinco minutos.

–Creo que los días en los que tú tomabas todas las decisiones han terminado, Abbie –replicó él, pasando a su lado.

Esas palabras fueron como una bofetada, pero lo que de verdad la sorprendió fue lo que sintió al ver la intensa emoción de Damon mientras miraba a su hijo.

No era simple curiosidad. Damon miró al niño durante largo rato, en silencio, y después salió abruptamente de la habitación.

Abbie se quedó donde estaba, confusa. ¿Cuáles eran sus intenciones? ¿Por qué estaba allí? Suspirando, salió al pasillo y cerró la puerta del dormitorio de Mario sin hacer ruido.

–Ya lo has visto. ¿Y ahora qué?

Él no contestó. Sin mirarla, bajó la escalera y salió de la casa sin molestarse en cerrar la puerta.

–¿Qué va a pasar ahora? –gritó Abbie, saliendo al porche–. ¡Damon!

Pensaba que iba a subir a su coche pero, para su sorpresa, abrió el maletero y sacó una bolsa de viaje.

Y luego se dirigió de nuevo hacia la casa.

Aunque en parte se alegraba de que no desapareciera dejándola con la duda de qué iba a pasar, no le gustaba nada su actitud.

–¿Dónde crees que vas con esa bolsa de viaje?

–La llevo a mi casa –contestó Damon–. Voy a tomar una copa y luego me iré a la cama porque ha sido un día muy largo y estoy cansado.

–¡No puedes quedarte aquí!

–¿Por qué no?

–Porque… yo no te quiero aquí.

Damon pasó a su lado, sin mirarla.

–Peor para ti.

La puerta se cerró tras él.

# Capítulo 3

POR UN MOMENTO, Abbie pensó que iba a cerrar con llave, dejándola en el porche. Afortunadamente, la puerta se abrió en cuanto empujó el picaporte.

Con una mezcla de rabia y angustia, Abbie miró alrededor. La bolsa de viaje estaba en el primer peldaño de la escalera y podía oírlo abrir y cerrar armarios en la cocina.

Cuando llegó a la puerta, lo encontró sirviéndose un vodka.

–¿A qué estás jugando?

–Acabo de decírtelo –contestó él, levantando el vaso en un irónico brindis.

–No puedes quedarte aquí –dijo Abbie, intentando tranquilizarse. Ponerse furiosa no resolvería la situación–. No es… apropiado.

Damon soltó una carcajada.

–Debo decir que todos estos años mezclándote con la aristocracia inglesa te han hecho muy estirada. Desde luego, has aprendido el arte de fingir que eres una señora.

Abbie tuvo que hacer un esfuerzo para ignorar el insulto.

—Esto no resuelve nada. ¿Por qué no pasas la noche en un hotel y vuelves mañana? Entonces podremos hablar tranquilamente...

—Yo estoy tranquilo —la interrumpió él—. Es la una de la mañana, se acerca una tormenta y no tengo la menor intención de ponerme a buscar hotel... especialmente teniendo una casa de mi propiedad.

—¡Pero eso es ridículo! No estás siendo razonable.

—¿Ah, no? Dadas las circunstancias, yo creo que estoy siendo más que razonable. Vamos a estudiar los hechos, ¿de acuerdo? Esta casa es mía. De hecho, tú me debes mucho dinero de alquiler...

—¡Yo no te debo nada!

—Además, me has escondido a mi hijo durante casi dos años —siguió Damon como si no la hubiera oído—. No creo que a un juez le hiciera gracia eso. De hecho, creo que diría que eres tú quien está siendo poco razonable.

—¡Lo estás retorciendo todo! —Abbie se pasó una mano por el pelo—. Yo no sabía que estaba embarazada hasta que te fuiste, no te escondí nada. ¿Y quieres dejar de fingir que te importa algo el niño? Los dos sabemos que te habrías marchado aunque te hubiera dicho que estaba embarazada.

—¿Ah, sí? Tú no sabes lo que hubiera hecho porque no sabes nada sobre mí.

—Sé que eres un mujeriego.

—Desde luego —Damon inclinó la cabeza—. Y no

pensaba tener hijos, pero eso ha cambiado. Por cierto, ¿qué pensabas contarle a mi hijo cuando fuera mayor? ¿Que su padre había muerto o que no había querido saber nada de él?

–No le habría mentido –contestó ella.

–En cualquier caso, sería un error.

Damon sabía lo que era crecer como un huérfano porque su madre los había abandonado cuando él tenía ocho años. Era tan fácil destrozar la vida de un niño... quizá por eso había decidido no formar una familia. Era una responsabilidad enorme y él creía que un niño merecía tener un padre y una madre.

–No tenías derecho a esconderme a Mario. Cualquier juez te dirá eso.

–Mario no es un secreto para nadie. ¡Y deja de hablar de jueces y de juicios!

–Jueces y juicios son la realidad. Será mejor que te acostumbres a la idea.

–¿Por qué estás siendo así? –preguntó Abbie, angustiada.

–¿Así, cómo?

–Tan... brutal, tan frío.

–¿Por qué crees tú?

–Mi padre tenía razón... esto es una venganza, ¿verdad?

Damon tomó un trago de su copa y luego tiró el resto al fregadero.

–¿Vengarme por qué? Ya tengo todo lo que quiero.

—Estás furioso por lo que te hizo mi padre y lo entiendo —Abbie intentó mostrarse serena—. Y lamento mucho haber tomado parte en ello. Pero intenté explicarte entonces que no había sido culpa mía...

—No, por supuesto. Las niñas mimadas como tú nunca se hacen responsables de nada. Creías que podías tener todo lo que quisieras cuando quisieras. Decir «lo siento» sólo es una frase que no significa nada, Abbie, pero te aseguro que la furia que yo siento ahora mismo es mucho más que una frase.

Ella lo miró, furiosa también.

—Yo no soy una niña mimada. No me conoces en absoluto.

—Ya, claro.

El desdén que había en su voz la sacó de quicio. Pero, aunque le gustaría contarle la verdad, sabía que no podía hablarle de su madre. Había intentado explicarle lo que pasó en su último encuentro, se había enfrentado con el desprecio de su mirada... y había tenido que soportar que la rechazase de la manera más cruel. No podía volver a pasar por eso ahora. Además, ¿para qué iba a hacerlo cuando estaba claro que su opinión sobre ella no había cambiado?

Era mejor dejar en el pasado algunas cosas, se dijo. Lo que importaba ahora era el bienestar de su hijo.

—Ir a juicio por un niño al que no quieres... eso

no va a solucionar nada. Por favor, no te vengues en Mario.

–¿Y tú cómo sabes que no lo quiero? ¿Qué creías que iba a pasar cuando tu padre me dijera que tenía un hijo? ¿Creías que vendría a darte dinero y desaparecería después sin molestar? Si eso es lo que quieres, estás soñando. Porque, lo creas o no, estoy pensando en lo que es mejor para mi hijo. Algo que tú pareces incapaz de hacer.

–Siempre he puesto a mi hijo por delante –replicó ella–. Y no quiero nada de ti. ¿Qué piensas hacer? ¿Qué es lo que crees *mejor* para Mario?

Damon no contestó inmediatamente. Parecía estar pensando sus opciones. ¿Estaba intentando atormentarla? ¿Eso era parte de su venganza? ¿Qué esperaba, que se echara a sus pies?

Sí, seguramente eso era lo que quería. Su padre solía controlarla a través del miedo. Cuando intentaba rebelarse, le recordaba lo que podía hacer y ella volvía a la fila rápidamente.

Ese recuerdo hizo que levantase la barbilla, desafiante. Había jurado que nadie volvería a tener ese poder sobre ella.

–Si algún juez te diera la custodia, lucharía en todos los tribunales del mundo para recuperar a mi hijo.

–Eso es cosa tuya –replicó él–. Admiro tu valentía… pero, por supuesto, no tienes nada que hacer.

Observó entonces el brillo de furia en sus ojos.

Era tan bella, más que a los dieciocho años. Su padre estaba en lo cierto sobre eso. Podía ver la curva firme de sus pechos bajo la bata y, como las luces del salón estaban tras ella, también podía ver la silueta de sus largas piernas.

Siempre había sido una chica atractiva, pero había madurado hasta convertirse en una mujer muy deseable. Una pena su frío y mercenario corazón, pensó, irónico.

Abbie notó cómo la miraba… lo notó y, absurdamente, sintió como si estuviera tocándola. Pero intentó apartar de sí esa sensación, intentó fingir que no pasaba nada… ¿cómo podía sentir eso cuando odiaba a aquel hombre?

–Creo que no sabes controlar tu mal carácter, Damon. Y ése es un problema que resuelven los psicólogos.

–Sí, a lo mejor tienes razón –rió el, dejando el vaso sobre la encimera.

–¿Qué piensas hacer?

–Ahora mismo, me voy a la cama.

–¡No puedes irte a la cama!

–¿Por qué no?

–Porque no puedes entrar aquí amenazando con quitarme a mi hijo y esperar que me quede tan tranquila. Tengo que saber cuáles son tus intenciones respecto a Mario. No pensarás pedir la custodia, ¿verdad?

Damon la miró un momento. Cuando John Newland le contó que tenía un hijo se había quedado perplejo… y luego se había puesto furioso. Había pasado por todos los estados de ánimo desde entonces. Algunos de ellos eran una completa sorpresa para él… como el sentimiento protector que había experimentado al ver a Mario en la cuna.

Sí, había decidido mucho tiempo atrás que no iba a formar una familia, pero el hecho era que tenía un hijo y abandonarlo ahora sería imposible. Mario era responsabilidad suya porque él creía en hacer lo que tenía que hacer. Pero… ¿qué debía hacer en aquella situación? Entonces miró a Abbie y pensó en lo que su padre había dicho, que podría resultarle conveniente.

—Me lo pensaré esta noche y hablaremos por la mañana.

—No quiero discutir los términos por la mañana. Quiero hablarlo ahora mismo. Y puede que no te hayas dado cuenta, pero en esta casa no hay camas. Las habitaciones de arriba están vacías. La única cama que hay es la mía.

Damon la miró, sonriendo.

—¿Eso es una invitacion?

Abbie se puso colorada.

—Tú sabes que no.

—No me sorprendería nada que te rebajases a eso, la verdad. De hecho, tu padre me hizo una oferta de lo más extraña.

—¿Qué clase de oferta?

—Creo que el trato era que lo dejase conservar su

puesto en el consejo de administración y, a cambio, me quedaría contigo.

–¿Cómo que te quedarías conmigo? –repitió
ella, atónita.

–Lo que he dicho. A cambio de quedarse en el
consejo de administración de Newland, él podría
hablar contigo para… bueno, supongo que para
convencerte de que te acomodases a mis necesidades. No sé si te estaba vendiendo como una esposa
trofeo por tus conexiones aristocráticas o como una
amante de conveniencia… claro que la segunda
opción me interesó al principio. Como sabes, yo
no soy de los que se casan. Pero entonces no sabía
que tenía un hijo.

–¿Pero qué…?

–No te preocupes, le dije que no. Mi lema ha
sido siempre obviar al intermediario. Lidiar direc-
tamente con el proveedor es la solución más satis-
factoria, ¿no te parece?

–Lo que me parece es que tú eres tan vil como
mi padre –replicó Abbie, asqueada.

–¿Habéis tenido una discusión, cariño? ¿Qué
pasa, estás enfadada porque papá ya no puede
darte dinero?

–No sé de qué estás hablando…

–Da igual. Sigo pensando en esas dos posibili-
dades, te lo aseguro. Esposa trofeo o amante de
conveniencia… –Damon se encogió de hombros–.
O podría pedir la custodia de Mario y marcharme
de aquí. Hay muchas opciones.

—No te darían la custodia del niño —le espetó ella, indignada—. Y no me casaría contigo aunque fueras el último hombre del planeta y vivieras en un palacio recubierto de oro.

Él rió, irónico.

—Los dos sabemos que eso no es verdad.

—Siempre has tenido una alta opinión sobre ti mismo. Demasiado alta.

—Es posible, pero sé cómo funciona la mente avariciosa de Abigail Newland.

—Tú no sabes nada sobre mí.

Era una buena actriz, desde luego, pensó Damon. Parecía realmente descompuesta.

—Tú vas donde haya dinero. Tu padre me dijo eso hace dos años.

Abbie apretó los puños. Tenía unas manos tan pequeñas. Todo en ella era absolutamente femenino; incluso la rabia que intentaba contener. Aunque en la cama no era tan contenida; al contrario, había sido una alumna aplicada desde que le enseñó lo que le gustaba y cómo le gustaba.

Ojalá pudiera dejar de pensar en eso. Pero no era capaz.

Desde que abrió la puerta unos minutos antes había sabido que seguía deseándola.

La deseaba en aquel momento, la fuerza de ese deseo enfureciéndolo. ¿Cómo podía sentir eso sabiendo cómo era Abbie?

Damon la miró de arriba abajo. No tenía la menor duda de que conocía la oferta de su padre y estaba intentando jugar sus cartas.

Quizá lo mejor sería jugar a su juego, se dijo. Sí, cuanto más lo pensaba, más le gustaba la idea.

—Muy bien, quieres hablar de los términos ahora, pues vamos a hablar de los términos.

¿Qué estaba pasando por su cabeza?, se preguntó Abbie. Nerviosa, apretó la bata contra su pecho, sin darse cuenta de que ese gesto mostraba su figura con más claridad.

Quería decirle que se fuera, que la dejase en paz, que no quería hablar con él después de las cosas que le había dicho, pero intentó tranquilizarse y ver la situación con la cabeza fría. Lo importante ahora era Mario.

—Mis términos son que mi hijo se queda con quien tiene que quedarse, conmigo. Tú eres un hombre de negocios que viaja continuamente de un lado a otro y trabaja muchas horas al día. Así no se puede cuidar de un niño de veintiún meses. Mario es un compromiso continuo.

—Sí, lo sé. Y ésa es la razón por la que estoy dispuesto a ofrecerte un trato.

—¿Qué clase de trato?

—¿Lo ves? La Abigail Newland que yo conocía —sonrió Damon—. Supongo que podrías serme conveniente. Eres la madre de mi hijo y nos entendemos. Y debo admitir que la idea de tener una dama en el salón y una amante en el dormitorio es interesante.

Abbie apretó los puños, indignada.

—Pues entonces deberías poner un anuncio en el

periódico porque yo no estoy interesada –le dijo, intentando contener la rabia–. La idea de que me pongas la mano encima me da náuseas.

Iba a darse la vuelta para subir a su habitación, pero Damon la sujetó del brazo.

–Los dos sabemos que eso no es verdad.

El roce de su mano era como una corriente eléctrica enviando chispas por todo su cuerpo, haciéndola temblar.

Era cierto. Había pasado mucho tiempo desde la última vez que hicieron el amor, pero recordaba cómo disfrutaba con él, recordaba lo maravilloso que era perder la cabeza con sus caricias, con sus besos.

¿Por qué pensaba esas cosas? Lo odiaba, se recordó a sí misma. Acababa de insultarla, la había herido en lo más hondo… ¿dónde estaba su integridad, su amor propio?

–Suéltame.

–Aún no te he dicho los términos del acuerdo.

–No quiero escuchar nada. No estoy interesada.

–No, claro que no –Damon sonrió, pero en sus ojos no había humor alguno–. Tu padre lo ha perdido todo y eso significa que tú has perdido la gallina de los huevos de oro… incluso has perdido esta casa. Pero yo puedo hacer que sigas viviendo como una reina…

–Lo único que tendría que hacer es venderte mi cuerpo, ¿verdad? –lo interrumpió Abbie.

–Eres la madre de mi hijo y estoy dispuesto a ofrecerte un trato mejor. Lo único que tendrás que hacer es ir conmigo a Sicilia y hacer el papel de la perfecta madre y esposa. Claro que tendrás que compartir mi cama. Pero a cambio podrás seguir llevando el mismo tren de vida que antes.

Abbie lo miró, con el corazón a punto de salirse de su pecho. No podía creer lo que estaba oyendo.

–¿Qué?

–Tendrás que firmar una separación de bienes, por supuesto. Pero mientras cumplas con los términos del trato, tendrás todo lo que quieras.

–¿Y se supone que ése es un buen acuerdo para mí? –le espetó ella–. ¿De verdad crees que me casaría contigo?

–Es lo mejor. Y la separación de bienes no es negociable.

–Tu arrogancia es increíble. ¿Crees que me ataría a ti en un matrimonio sin amor…?

–Por dinero, seguridad y los lujos a los que estás acostumbrada, sí, lo creo. Deja de fingir, Abbie.

–No querría casarme contigo por todo el oro del mundo.

Damon soltó una carcajada.

–¿De qué te ríes?

–Es posible que no nos caigamos bien, pero entre nosotros hay química y tú lo sabes. Cuando te toco te enciendes. El sexo nunca ha sido un problema, al contrario.

–Eres el hombre más arrogante, más engreído y más patético que he conocido nunca –le espetó ella, intentando soltarse–. ¿Qué haces?

–Voy a besarte para demostrar que tengo razón.

–¡No te atrevas!

Damon volvió a sonreír.

–Cuanto antes aceptes que soy yo quien da las órdenes ahora, antes nos entenderemos.

–¡Nunca aceptaré tal cosa!

–Entonces te lo vas a poner muy difícil.

–No, tú me lo pones difícil. Pero eso es lo que quieres, ¿no?

–No, Abbie. Ahora mismo no es lo que quiero.

Había algo en el tono ronco de su voz, algo invitador. Damon miraba su boca y, de repente, cuando inclinó la cabeza, Abbie dejó de luchar. Quería que la besara. Era como si una ola de deseo la hubiese envuelto, ahogándola por completo.

Damon la rozó con los labios, suavemente al principio y luego, cuando notó su aquiescencia, de forma más exigente. Abbie se encontró devolviéndole el beso de la misma forma, como si estuviera embriagada de su fuerza, de su pasión.

Entonces, de repente, cuando levantó una mano para tocarlo, Damon se apartó. Ella lo miró, mareada, sin saber qué había pasado...

–¿Lo ves? No tienes que hacer ningún esfuerzo para que el acuerdo funcione. Sólo tienes que ser tú misma.

Abbie dio un paso atrás, avergonzada. ¿Por qué le había devuelto el beso? ¿Por qué?

–Te he besado... ¿y qué? A lo mejor sólo quería que vieras... lo que ibas a perderte.

–Vaya, vaya, vaya. Veo que sigues siendo combativa. El problema es que, como tu padre, no tienes nada con lo que negociar. No voy a aumentar mi oferta, cariño. La separación de bienes no es negociable. Aceptas lo que he puesto sobre la mesa o no.

–No estoy interesada en tu oferta.

Damon bajó la mirada hasta sus pechos. Sus pezones se marcaban bajo la seda, evidenciando que estaba excitada…

–Sí estas interesada, Abbie. Porque el poder y el dinero son grandes afrodisíacos para ti. Me deseas más de lo que dices.

–¡Te odio!

–Sí, claro que sí. Y odias mi dinero sobre todo. ¿Por qué no te vas a la cama? Eso si de verdad quieres dormir sola.

–¿Y por qué no te vas tú de mi casa?

Damon se limitó a sonreír.

–Encantado de hacer negocios contigo –le dijo–. Piensa en mi oferta porque sólo esperaré hasta mañana. Después de eso, tendrás que negociar con mi abogado. Y él no será tan comprensivo como yo.

# Capítulo 4

ABBIE estaba tumbada en la cama, mirando el techo. Al otro lado de la ventana podía oír cómo el viento ganaba fuerza, golpeando los cristales y las ramas de los árboles. Era curioso lo preocupada que había estado por la tormenta unas horas antes. Pero ahora, ni siquiera la amenaza de un huracán era tan turbadora como la presencia de Damon Cyrenci.

¿Por qué lo había besado así?, se preguntaba una y otra vez.

Lo único que tenía que hacer era ir a Sicilia con él y hacer el papel de perfecta madre y esposa...

Podía irse al infierno, pensó, golpeando la almohada con el puño. ¿Cómo había podido creer alguna vez que Damon Cyrenci era un ser humano decente? Creer que estaba enamorado de ella... qué tonta había sido.

Poco antes había oído sus pasos por la escalera y se llevó una mano al corazón. No había cerrojo en su puerta y si decidía entrar...

Afortunadamente, sólo iba al cuarto de baño. Había oído el grifo de la ducha.

No sabía qué podría haber pasado si hubiera entrado en su habitación. Sí, lo odiaba, pero algo realmente extraño le ocurría cuando la tocaba. La hacía perder el control de sus emociones, la convertía en alguien a quien ni siquiera era capaz de reconocer. Y no tenía nada que ver con el maldito dinero. ¿Qué tenía Damon Cyrenci que la afectaba de esa forma? No lo sabía. Lo único que sabía era que le daba miedo.

Lo oyó salir del baño y se sentó en la cama, aguzando el oído. Enseguida oyó que abría uno de los armarios. Evidentemente iba a dormir en el sofá del salón y buscaba sábanas y mantas, como si estuviera en su propia casa. Claro que era su casa ahora. Cada vez que lo pensaba se ponía enferma.

Los establos de Santa Lucía eran su refugio. Habían sido de su madre y siempre había pensado que, tras su muerte, los heredaría ella.

Evidentemente, su padre había llegado antes.

Abbie apretó los puños. Ofrecérsela a Damon como si fuera una propiedad que pudiera ser intercambiada... claro que no debería sorprenderla. Su padre era un experto usando a la gente.

El matrimonio de los Newland había sido un fraude. John Newland se había casado con su madre porque pertenecía a la aristocracia y eso era conveniente para sus propósitos. En cuanto a su madre... aunque era de clase alta estaba casi en la ruina y a punto de vender la casa de Surrey que había pertenecido a su familia durante generaciones y los establos de Santa Lucía cuando conoció a John Newland.

Nunca debería haber aceptado su proposición de matrimonio, pero ella creyó que la quería. Aunque no tardó mucho en darse cuenta de que, en lugar de rescatarla, estaba atrapada en un matrimonio sin amor. Ni siquiera pudo conservar la casa de Surrey, la casa en la que se había criado, porque su padre la vendió al mejor postor.

John Newland era un tirano y un mujeriego. Había usado los contactos de su esposa para medrar profesionalmente y, al mismo tiempo, despreciaba que tolerase sus abusos.

Según pasaban los años, la relación se deterioraba cada vez más. Ni siquiera el nacimiento de su única hija, Abigail, había servido para ablandar el duro corazón de John Newland. Al contrario.

A los seis años la habían enviado a un internado en Inglaterra por decisión de su padre, pero la relación con su madre había seguido siendo tan cariñosa y tan estrecha como siempre. Fue ella quien la convenció para que dejase a su padre. A los dieciséis años, Abbie la había ayudado a hacer las maletas y se había ido con ella a Santa Lucía.

Le dijeron a su padre que iban a pasar unos días de vacaciones para celebrar su cumpleaños, pero nunca volvieron a Las Vegas. Y desde allí, su madre había solicitado el divorcio.

La furia de John Newland no se hizo esperar. A él no lo dejaba nadie.

Pero Abigail se mantuvo firmemente al lado de su madre y, aunque ya estaba enferma, la ayudó a levantar los establos, perdiendo la oportunidad de hacer una carrera, para no depender económicamente de su padre.

Las cosas podrían haber salido bien. Siempre había turistas en Santa Lucía y los establos empezaban a dar beneficios. Habrían podido ser independientes si la enfermedad de su madre, de caro tratamiento, no hubiese empeorado.

Nada más que una situación de vida o muerte habría obligado a Abbie a pedirle ayuda a su padre. Y, por supuesto, John Newland estaba encantado de que se la pidiera. Había aceptado pagar el tratamiento de su ex mujer en el mejor hospital de Estados Unidos pero, como siempre, el precio del rescate había sido muy alto.

Culpaba a Abigail por el divorcio y había decidido que esa traición era imperdonable. Incluso amenazó con dejar de pagar las facturas del hospital si Abbie no obedecía sus órdenes.

De modo que se vio obligada a volver a Las Vegas para hacer de anfitriona en sus fiestas y para ser cómplice de sus sucias tretas profesionales.

La peor de las cuales había sido la de Damon Cyrenci.

Y cuando su padre descubrió que estaba enamorada de Damon le había hecho creer que ella era cómplice de la trama, por supuesto.

Abbie apoyó la cabeza en la almohada y volvió a mirar al techo en la oscuridad de la habitación.

Verse entre la espada y la pared, entre evitar que su madre tuviera que salir del hospital o ayudar al hombre del que se creía enamorada, era una situación que no olvidaría nunca. Había sido una tortura. Estaba atrapada y, a pesar de no tener culpa de nada, se sentía culpable por todo. Pero cuando intentó explicárselo a su madre, ella no la entendió.

–He sido más feliz estos años contigo en Santa Lucía que durante toda mi vida de casada –le dijo–. Me alegro mucho de haber dejado a tu padre.

Pero su madre no sabía que Abbie tenía el corazón partido.

Al principio, sus citas con Damon eran castas. Con dificultad, se apartaba de sus besos y lo mantenía a raya, no porque no lo desease sino porque lo deseaba tanto que la asustaba.

Y hacía bien en estar asustada. Porque siempre había que pagar un precio muy alto por todo lo que tenía que ver con su padre.

Ella quería que su relación con Damon fuese limpia, sincera. Intentó razonar con su padre, explicarle lo que sentía… pero no sirvió de nada. De hecho, le molestó mucho que se atreviera a cuestionarlo.

–Llévatelo este fin de semana a mi rancho de Palm Springs –le ordenó–. Y entretenlo hasta que te diga que podéis volver.

Abbie sabía que su padre estaba intentando engañar al padre de Damon y, por primera vez, se negó a hacer lo que le pedía. Pero cancelando un simple cheque, John Newland le recordó que no era su vida la que estaba en peligro.

De modo que, sin decirle nada, invitó a Damon al rancho. Afortunadamente, él no era tan tonto como su padre creía y había contratado a un abogado para que revisase el acuerdo.

Se lo había contado en el rancho y Abbie se sintió increíblemente aliviada. Todo iba a salir bien, se decía a sí misma. Su padre no iba a engañar a la familia Cyrenci y saber eso hizo que caer en sus brazos fuera aún más dulce.

Recordaba la pasión de ese primer encuentro, recordaba haber apoyado la cabeza sobre su pecho después, creyéndose locamente enamorada de él...

Qué idiota. No podía creer que hubiera sido tan ingenua. Claro que entonces tenía dieciocho años y nunca antes había estado con un hombre. ¿Qué sabía ella? Damon sólo estaba interesado en el sexo. Había disfrutado la emoción de la conquista sin hacer promesas, sin palabras que lo comprometieran.

Y mientras él disfrutaba tomándola ese fin de semana, su padre estaba ocupado comprando a su abogado.

Todo, aparentemente, podía ser comprado y vendido. Todo el mundo tenía un precio. Así era como su padre se había hecho rico, pero no sabía que Damon también fuese de esa manera.

Abbie secó las lágrimas que acababan de asomar a sus ojos de un manotazo.

Había cometido el error de enamorarse de Damon Cyrenci y lo único bueno que había quedado de eso era Mario. Y no pensaba dejar que se lo arrebatase.

Estaba embarazada de tres meses cuando su madre murió, el peor momento de su vida. Pero entonces había demostrado lo fuerte que era. Desaparecida la razón por la que había tenido que volver a Las Vegas, Abbie decidió cortar todo contacto con John Newland y volvió a Santa Lucía para retomar el negocio de los establos.

No había sido fácil. Levantar un negocio siendo madre soltera no era precisamente la mejor de las circunstancias... pero se las había arreglado.

Daba igual lo que Damon pensara de ella, Abbie podía mirarlo a los ojos sabiendo que no era una niña mimada que haría cualquier cosa por dinero. Pero ser trabajadora y decente no ayudaba nada cuando una había perdido su casa.

La verdad era que, aunque había conseguido mantener a su hijo, no tenía dinero para contratar a un abogado si Damon decidía solicitar la custodia del niño.

Un violento trueno sacudió los cristales de la ventana en ese momento; parecía un eco de su propia rabia.

Seguramente estaba tirándose un farol, se dijo. Él no querría cargar con un niño. Y todo eso del matrimonio... eso también era un farol.

Quizá, cuando se levantase por la mañana, Damon habría desaparecido de su casa y de su vida.

Abbie enterró la cara en la almohada e intentó dormir, pero le resultaba imposible.

Cuando empezó a amanecer fue un alivio levantarse de la cama para ir a ver a Mario.

El niño estaba despierto y sonrió al verla entrar.

—Hola, cariño —rió Abbie, sacándolo de la cuna—. ¿Cómo estás, mi amor?

Todo iba a salir bien, se dijo, mientras apretaba al niño contra su corazón. La tormenta parecía estar alejándose, el sol empezaba a salir. Mientras se ocupaba de vestir a su hijo, la noche anterior empezaba a parecerle una pesadilla.

A lo mejor Damon se había ido.

Rezando para que así fuera, bajó al primer piso, con Mario en brazos.

La casa estaba en silencio. La única señal de que Damon había estado allí eran las sábanas, cuidadosamente dobladas sobre el respaldo del sofá.

Se había ido. El corazón de Abbie empezó a dar saltos dentro de su pecho… hasta que entró en la cocina. La puerta trasera estaba abierta y la silueta de Damon recortada en el umbral.

—Buenos días. ¿Qué tal has dormido?

¿Qué tal había dormido? Cualquiera diría que aquélla era una situación normal, pensó ella, enfadada. Cualquiera diría que no se había presentado con un absurdo ultimátum, amenazando con destrozarle la vida.

—He dormido bien, gracias —contestó, sin mirarlo—. Pensé que te habrías ido.

—No sé por qué. Anoche dejé bien claras mis intenciones.

Abbie tragó saliva. No quería pensar en ello.

Después de dejar a Mario en su trona empezó a organizar el desayuno como si Damon no estuviera allí, pero no era fácil porque podía sentir sus ojos oscuros clavados en su espalda.

Como ella, llevaba vaqueros y camiseta y parecía más joven que la noche anterior.

Ojalá no lo encontrase tan atractivo... pero así era. Ojalá pudiera dejar de mirarlo por el rabillo del ojo cada vez que pasaba a su lado... pero no era capaz.

¿Cómo podía odiar a alguien y, a la vez, sentirse atraída por él? Era un misterio. Un misterio que no le interesaba nada descifrar, se dijo a sí misma mientras ponía leche a calentar y abría un paquete de café. Quizá un poco de cafeína haría que su cerebro empezase a funcionar de una vez por todas.

—Parece que ya ha pasado lo peor de la tormenta —comentó Damon.

—Sí, genial.

—Pues sí, lo es.

Cuando se sentó a la mesa Mario le sonrió y Damon sonrió también, alargando una mano para acariciar su pelito oscuro.

—Han levantado las restricciones de vuelo, de modo que me iré esta tarde. Mi avión está esperando en el aeropuerto.

Abbie, que estaba esperando que terminase la cafetera, se volvió de golpe.

–¡Te marchas!

–Sí, esta tarde, a las cuatro.

De modo que todo lo que le había dicho por la noche había sido sólo… ¿para qué, para asustarla, para vengarse de ella?

–Mira, Damon, sé que debió ser una gran sorpresa para ti descubrir que tenías un hijo. Y anoche dijiste muchas cosas, pero estoy segura…

–Yo nunca digo cosas que no pienso.

Abbie arrugó el ceño. Iba a decirle que lo mejor sería dejar atrás el pasado y que podía ver a Mario cuando quisiera porque, después de todo, era su padre.

–¿Pero te marchas?

–Sí, vuelvo a Sicilia, contigo o sin ti.

–¿Quieres decir que todo eso de casarte conmigo…?

–Lo decía en serio.

Ella tragó saliva.

–No te entiendo.

–O aceptas mi oferta y vienes conmigo a Sicilia o me voy y dejo todo en manos de mi abogado. Depende de ti.

Hablaba en serio la noche anterior, aunque no sería capaz de privar a Mario de su madre. Pero el niño también necesitaba un padre.

Ofrecerle matrimonio le había parecido una inspiración…

Mario tendría a su madre y él tendría a Abbie donde la quería. Y sabía exactamente *dónde* la quería, pensó cuando se estiraba para sacar las tazas del armario.

Era deseo, por supuesto. Pero había un fácil remedio para eso. Iba a hacer que Abbie Newland pagase en su cama por haberlo engañado y, al mismo tiempo, saciaría su deseo de ella.

—¿Qué vas a hacer?

—No lo sé, aún no lo he decidido.

—He echado un vistazo a tus cuentas. No tienes dinero...

—¿Quién te ha dado permiso para hacer eso? ¿Quién crees que eres? —le espetó Abbie, furiosa—. ¿Cómo te atreves a mirar en mis papeles?

—Los papeles del establo ahora son míos. Cuanto antes aceptes eso, mejor para todos.

—Yo no acepto nada —replicó ella—. Y contrataré un abogado, no te preocupes.

—¿Con qué vas a pagarlo?

—Aunque no es asunto tuyo, tengo algo de dinero ahorrado.

Damon sonrió.

—No tienes nada y tú lo sabes. Te he ofrecido una salida, Abbie. Hacerme esperar con la esperanza de que te ofrezca algo más no va a servir de nada. De hecho, si no aceptas solicitaré la custodia de Mario... porque tú no puedes mantenerlo. Estará mejor en Sicilia, además. Yo puedo darle todo lo que tú no puedes: una buena educación, un hogar confortable, un buen futuro...

—¿Y el cariño qué? —lo interrumpió ella, angustiada.

—Seré un buen padre. Tienes mi palabra.

—Ah, qué consolador —replicó Abbie, irónica.

—Si tan preocupada estás, ven con nosotros. Ya conoces mis términos.

—No puedo irme de aquí. Tengo caballos que atender, tengo responsabilidades...

Damon sonrió. Las cosas empezaban a ponerse a su favor.

—Yo contrataré más empleados y a un capataz. La ventaja del dinero es que siempre soluciona los problemas de intendencia.

—¿No me digas?

Si tenía que enfrentarse con Damon en los juzgados podría perder la custodia del niño... perder a Mario para siempre. Pero la alternativa era dejar que Damon Cyrenci la comprase como compraría una propiedad. Tenía que encontrar una ruta de escape, pero no se le ocurría ninguna.

¿Entregarse a Damon era la única opción? Una abrumadora sensación de angustia la superó por completo. Dejar su casa, a los empleados que tanto la habían ayudado... y luego estaba su caballo, Benjo, un castrado de tres años al que había rescatado de una vida de abusos y que le había robado el corazón con sus ojazos y su cariñosa disposición.

—No puedo...

Damon apretó los labios. Parecía tan frágil, tan vulnerable. Recordaba que cuando salían en Las

Vegas a veces había visto esa misma expresión en sus ojos. Y cada vez que la veía deseaba cuidar de ella, protegerla...

Ninguna mujer lo había hecho sentir lo que sentía por Abbie. Qué tonto había sido. Ella sólo lo había utilizado para que su padre se saliera con la suya.

Recordar que era una mentirosa lo decidió aún más. Lo había engañado una vez, no volvería a hacerlo.

–No tengo tiempo para discusiones y no sé a quién crees que estás engañando.

Abbie levantó la barbilla, intentando controlarse. No pensaba dejar que la viera llorar.

–Ir a Sicilia conmigo será lo mejor para nuestro hijo. Así tendrá a su padre y a su madre y todas las ventajas que tú no podrías darle. Además, estoy dispuesto a poner un anillo en tu dedo –Damon se encogió de hombros–. Es un buen trato. Estoy dispuesto a ser más que generoso contigo.

–¿Y se supone que yo debo estarte agradecida? –le temblaba la voz de rabia–. Ese anillo no será más que una cadena para mí.

–Pero una cadena que te concederá muchos privilegios.

–A cambio de ciertos favores.

–¿Favores? –Damon parecía divertido–. Oh, no, Abbie, no es así como va a funcionar nuestro acuerdo –dijo, levantándose–. La verdad es que a ti te gusta tanto como a mí.

Cuando pasó una mano por el contorno de su cara, la caricia provocó un temblor por todo su cuerpo; pero era un temblor de deseo, no de repulsión. Un temor que confirmaba que Damon estaba en lo cierto. Y eso la turbaba profundamente.

–Nos entendemos muy bien –siguió él, sus ojos quemándola–. Estaremos juntos, pero esta vez la relación será más honesta. Espero que eso haya quedado claro.

–Sí, lo has dejado tan claro como el cristal. Pero no hay nada honesto en esta relación.

–Será más honesto que lo que pasó en Las Vegas –Damon levantó su barbilla con un dedo para mirarla a los ojos.

Esas palabras dolían como un puñal. Lo había querido en el pasado… o se había creído enamorada de él.

–No tengo elección…

–En la vida siempre hay elecciones. Uno puede decidir qué camino tomar.

–¿Como ahora, por ejemplo?

Por un segundo, el temblor en su voz lo conmovió. Y cuando vio las sombras en sus bonitos ojos, cuando notó cómo habían pasado del azul al violeta...

–Damon, lo que pasó entre nosotros fue…

–¿Qué, un error? –la interrumpió él, enfadado consigo mismo–. Supongo que desde tu punto de vista podría ser así. Te equivocaste, elegiste al caballo perdedor. Tu padre ya no puede darte todo lo que necesitas, Abbie, pero yo sí.

Era extraño que su voz sonase tan brutal y, en cambio, el roce de sus dedos fuera tan suave, tan delicado.

–Olvidas que te conozco bien. Sé cómo piensas y lo que quieres. Esta pretensión tuya ha ido demasiado lejos, así que vamos al grano. ¿Tenemos trato o no? –mientras hacía la pregunta, pasaba un dedo por sus labios y la caricia hizo que el anhelo que sentía se convirtiera en un deseo abrasador. Quería que la besara, quería que la abrazase…

No podía entenderlo. ¿Cómo era posible que la excitase de esa forma? ¿De todos los hombres del mundo, por qué él precisamente?

–Te lo repito: ¿tenemos trato o no? –insistió él, tomándola por la cintura.

Abbie se imaginó a sí misma durmiendo con él cada noche. Cuando cerró los ojos casi podía sentir las manos masculinas sobre su cuerpo, los labios de Damon aplastando los suyos.

El sexo había sido maravilloso con él. Tenía razón, había química entre ellos. Y, por mucho que la avergonzase, debía reconocer que lo deseaba.

–¿Abbie?

Se sentía atrapada por las circunstancias… pero también por sus emociones.

–¿Tenemos trato o no? –insistió Damon.

No podía atarse a un hombre que no la amaba. ¿Pero qué otra cosa podía hacer?

–¿Qué pasará con mis empleados?

Él arrugó el ceño. No era ésa la pregunta que esperaba.

–Conservarían sus puestos de trabajo.

–Sobre ese acuerdo que quieres que firme… quiero leerlo antes de aceptar nada.

Era como un pez emergiendo del agua, luchando por soltarse del anzuelo. Damon tuvo que sonreír.

–Ah, por fin aparece la auténtica Abigail Newland.

–No te hagas el listo conmigo.

–El acuerdo dejará bien claro que tendrás todo lo que necesites mientras sigas viviendo conmigo, pero ya sabes cuáles son mis términos. Así que te haré la pregunta por última vez: ¿tenemos trato o no?

El corazón de Abbie latía con tal fuerza que casi le hacía daño. No podía hacer nada, no tenía a quién recurrir.

–Sí, tenemos trato –asintió.

Damon la miró con un brillo de triunfo en los ojos.

–Ah, por fin has dejado de fingir.

# Capítulo 5

LA PUERTA del avión se cerró como si fuera la puerta de una celda.

Abbie, suspirando, se dijo que estaba dejándose llevar por la imaginación. Si iba a la cárcel, sería una cárcel muy lujosa; un sitio donde su hijo recibiría una buena educación y tendría una vida estupenda.

Estaba haciendo aquello por Mario. Porque no podría haberse enfrentado con Damon en los tribunales. Si había aprendido algo viviendo con su padre era que si uno tenía mucho dinero era capaz de comprarlo todo... incluso a las personas.

Y había dejado que Damon la comprase a ella.

Pero, ¿qué otra cosa podía haber hecho?

Seguía un poco desconcertada por lo rápido que había ido todo. Un minuto antes estaban en la cocina y ahora estaba allí, en un avión privado con destino a Sicilia.

–Lleva sólo lo que puedas meter en una maleta –le había dicho Damon–. Todo lo demás puedes comprarlo cuando lleguemos a casa.

¿A casa?

¿Se sentiría como en casa alguna vez en Sicilia?

No, estaba segura de que no sería así. Y no quería comprar cosas nuevas, quería las suyas. Quería sentirse segura. Quería recuperar su integridad.

Pero tenía la horrible impresión de que su integridad se había quedado en Santa Lucía, junto con todas sus posesiones.

Intentaba consolarse pensando que no había tenido más remedio que aceptar los términos de Damon, pero eso no valía de nada. Eso no excusaba que le gustase cuando la tocaba, que hubiera querido que la abrazase, que la besara.

El avión empezó a levantar el vuelo y Mario se movió, inquieto, entre sus brazos.

–No pasa nada, cariño. No tienes por qué preocuparte –Abbie intentó tranquilizarlo.

«Mentirosa. Hay mucho por lo que preocuparse».

El primer problema era cómo iba a entregarse a un hombre que sólo iba a usarla en la cama.

Recordaba lo que le había dicho en Las Vegas, cuando la creyó cómplice de su padre: «Lo único bueno que puedo sacar de todo esto es que, en lo que a mí concierne, el tiempo que hemos pasado juntos sólo ha sido sexo. No siento nada por ti, además del placer de tomar tu cuerpo. Nada más».

Nunca había olvidado esas palabras. Pero desearía olvidarlas, especialmente ahora.

¿Qué felicidad podía encontrar con un hombre que sólo quería poseer su cuerpo y a quien no le importaba nada?

¿Había cometido el más grave error de su vida al aceptar ir con él a Sicilia?

El avión estaba ya en el aire, alejándose de Santa Lucía. Si miraba hacia abajo aún podría ver su casa medio escondida entre las altas palmeras. Podría ver a Benjo trotando en el corral o a Jess llevando a un grupo de turistas a la playa para dar un paseo a caballo.

Todo en Santa Lucía seguiría adelante sin ella. Hubiese cometido un error o no, estaba a punto de empezar una nueva vida.

Cuando miró a Damon, en sus ojos vio tal frialdad que tuvo que girar la cabeza.

¿Dónde dormirían cuando llegasen a la casa? ¿Esperaría que durmiese con él la primera noche?

Esa pregunta la atormentaba.

Habían pasado dos años y medio desde aquellas semanas de pasión en Las Vegas, pero aún las recordaba como si fuese el día anterior. Recordaba que Damon la hacía sentir como si estuviera viva por primera vez. Y, después de hacer el amor, con la cabeza apoyada sobre su hombro, se sentía querida, protegida, como no se había sentido nunca.

Claro que todo había sido una ilusión. Pero aun así, durante esos años no había vuelto a sentir lo mismo con nadie. Las citas con otros hombres nunca habían provocado la menor excitación y se preguntaba si esa parte de ella estaría muerta para siempre. Si habría sido extinguida por el dolor y el miedo.

Y entonces Damon Cyrenci había vuelto a aparecer en su vida, destrozando esa teoría. Porque podía encenderla con una sola mirada.

Era una cruel ironía que el hombre que había destrozado su corazón, el hombre a quien le importaban un bledo sus sentimientos fuera el único que la excitaba.

No podía acostarse con él esa noche, no podía. No sabía qué la asustaba más, desearlo tanto o que Damon se diera cuenta. Darle la satisfacción de saber que era suya era más de lo que su orgullo podía soportar.

Abbie miró alrededor, suspirando. Nunca había viajado en un avión privado. Había pantallas de televisión individuales, teléfonos y un botón para reclinar los lujosos asientos de piel hasta convertirlos en camas.

—¿Quieres poner a Mario en otro asiento? —le preguntó Damon—. Puedes ponerle una manta a cada lado para que esté más seguro.

—No, gracias, estamos bien así —respondió ella.

—Como tú quieras. Yo tengo trabajo que hacer.

Abbie miró por la ventanilla. ¿Cómo podía estar tan relajado? ¿Cómo podía concentrarse en esas filas de números cuando acababa de destrozar su vida apartándola de todo lo que conocía?

Porque le daba igual, pensó. Vengarse era lo único que le importaba.

Damon no levantó la mirada en más de una hora, hasta que Mario empezó a lloriquear, aburrido.

–Tranquilo, cielo. Ya falta poco –murmuró Abbie.

Era una buena madre, pensó, cuando vio que el niño volvía a sonreír.

Pero claro, Abbie Newland podía enamorar a cualquiera.

Llevaba los mismos vaqueros que había llevado por la mañana y, en lugar de la camiseta, un top sin mangas que se levantaba cada vez que se inclinaba un poco. Tenía la piel firme, bronceada. El pelo rubio se movía como una cortina de seda sobre sus hombros.

Cómo desearía tocarla; el deseo que sentía por ella era una como una quemazón. Esa mañana, en la cocina, había querido quitarle los pantalones y levantar la camiseta para revelar sus sensacionales curvas. Y hubiera sido fácil tenerla allí mismo. Había visto un brillo de deseo en sus ojos… una llama que ella quería esconder desesperadamente, fingiéndose dolida por la crudeza de su oferta.

–Muy bien, cariño, enseguida te doy de comer –Abbie le dio un beso al niño antes de volverse para mirarlo–. ¿Te importa cuidarlo un momento? Tengo que calentar su comida.

–No, claro.

Sí, era la dulzura personificada. Nadie imaginaría que el único obstáculo para venderse había sido lo que consiguiera a cambio.

Pero en cuanto firmase el acuerdo de separación de bienes el juego de Abbie habría terminado y el suyo acabaría de empezar.

Dejando los papeles a un lado, Damon se inclinó para tomar uno de los juguetes de Mario que había caído al suelo. Sonrió mientras se lo devolvía y el niño sonrió también.

Oh, sí, las cosas podían ir mucho mejor. Tenía a su hijo y aquello iba a funcionar perfectamente.

Abbie volvió unos minutos después para darle la comida al niño y él volvió a concentrarse en el trabajo. Tenía muchas cosas pendientes y quería terminarlas lo antes posible para compensar el tiempo perdido con su hijo. Y para disfrutar de su recién adquirida esposa... una y otra vez.

Cuando se acercaban a la isla, Abbie se inclinó hacia delante para mirar el Mediterráneo por la ventanilla. Podía ver algunos barcos de pesca, incluso los altos cipreses que rodeaban la isla.

Unos minutos después, tomaban tierra.

Estaban en la isla de Sicilia. Abbie se preguntó si iba a despertar de repente para encontrarse en su casa, en su propia cama, si todo aquello sería un mal sueño.

Pero cuando sus ojos se encontraron con los de Damon supo que todo era real. Su futuro estaba allí, con él.

—Hogar, dulce hogar —dijo él, irónico, como si se hubiera percatado de su consternación.

—Si tú lo dices...

Había un grupo de autoridades en el aeropuerto y, tras ellos, un chófer uniformado esperando pacientemente frente a la limusina.

que chascar los dedos y se
...ás que equivocado. Ella te-
...ropio como para dejar que la

...yrenci no iba a conseguir todo
...só mientras seguía a Elisabetta
...bía aceptado los términos de ese
...o le quedaba más remedio, pero
...aba que fuera a portarse como un

...ón a la que la llevó Elisabetta era pa-
...dos ventanales que dejaban entrar la
...a. Uno daba a la piscina y el mar, el
...ín. Pero fue la cama lo que llamó su
...Era una cama de matrimonio con dosel
...naba el centro del dormitorio.
...estidor está aquí –dijo el ama de llaves,
...o una puerta–. Es tan grande que puede
...como habitación. He puesto ahí la cunita de
..., como me pidió el señor Cyrenci.
...Ah, muy bien.
...Evidentemente, Damon no había perdido el
...mpo. Por eso había estado tanto rato hablando
...or teléfono desde Santa Lucía.
    –Y éste es el cuarto de baño –Elisabetta abrió
otra puerta–. ¿Necesita alguna cosa más, señorita
Newland?
    –No, gracias. Todo está perfecto.
    Cuando la mujer salió de la habitación, Abbie se
dejó caer sobre la cama, dejando a Mario en el

    –Necesito tu pasaporte y el del niño –dijo Damon.
    Pasaron las formalidades de la aduana sin el menor problema, por supuesto. Seguramente aquello era lo normal para Damon Cyrenci.
    Estaba acostumbrado a ser tratado con respeto, a que le allanasen el camino fuese por donde fuese, a conseguir lo que quería. Y debía admitir que resultaba impresionante. Como lo era su rico acento cuando hablaba en italiano. Era la primera vez que lo oía hablar en su idioma y le gustaba. El problema era que no quería que le gustase nada de él.
    No quería que la afectase en modo alguno porque así estaría dándole poder y Damon ya tenía suficiente poder sobre ella. Era un hombre arrogante e insufrible y, por muy atractivo que fuera, no pensaba dejar que la atropellase. Todo el mundo se inclinaba ante Damon Cyrenci, pero ella no iba a hacerlo. El orgullo era lo único que le quedaba e iba a agarrarse a él a toda costa.
    Intentando recordar eso, se dirigió a la limusina con Mario en brazos.
    Unos minutos después, el chófer los llevaba por una carretera que rodeaba la costa.
    –Llegaremos enseguida.
    –Sigues teniendo nuestros pasaportes –dijo Abbie.
    –Están con el resto de los documentos –Damon estiró las piernas–. No sé tú, pero a mí me vendría bien tumbarme un rato.

¿Esperaría que «se tumbase un rato» con él?, se preguntó.

–Dicen que la mejor cura contra el jet lag es tar despierto el mayor tiempo posible e inten[t]... dormir a la hora normal.

–¿Ah, sí? Pues entonces tendremos que encontrar alguna forma de permanecer despiertos –replicó Damon, irónico.

Abbie apartó la mirada de nuevo para observar el colorido paisaje siciliano. Se fijó en el suelo de color terracota, en el verde profundo de los olivos y el brillante azul del cielo. Pero en lo único que podía pensar era en cómo iban a dormir esa noche.

El conductor tomó una estrecha carretera en medio de la montaña y, poco después, atravesaban una verja de hierro tras la que había un hermoso y cuidado jardín. Cuando giró en una curva, Abbie pudo ver por primera vez la que iba a ser su casa a partir de aquel momento y se quedó admirada. Era más bonita de lo que había imaginado, del tamaño de una mansión pero con mucha personalidad.

Había parras creciendo sobre el ladrillo rojo, jazmines y buganvillas haciéndose sitio sobre el elegante arco de la puerta…

–Es un sitio precioso.

Aunque había decidido no mostrar entusiasmo alguno, la belleza de la casa hizo que la frase saliera de sus labios sin que pudiera evitarlo.

–Me alegro de que te guste.

Por contraste, él hablaba con sequedad, como si

suelo. El niño estaba encantado de sentirse libre por fin y se puso a investigar, agarrándose a los muebles.

No sabía si aquél era el dormitorio de Damon. Si abriese los armarios, ¿encontraría su ropa dentro? No había fotografías ni objetos personales, ni siquiera un libro o un despertador.

Pero no tenía energía para ponerse a investigar. Bañaría a Mario, se daría una ducha y lidiaría con aquella nueva situación paso a paso.

Después de hacer varias llamadas y terminar el trabajo pendiente, Damon leyó el acuerdo de separación de bienes que había redactado su abogado. Satisfecho, se levantó y fue a buscar a Abbie.

Pero cuando entró en el dormitorio la encontró sobre la cama, profundamente dormida. Y cuando miró hacia el vestidor, comprobó que Mario también estaba en su cuna.

En fin, no iba a poder firmar el acuerdo por el momento, pensó.

Suspirando, se sentó al borde de la cama. Ella no se movió. Estaba tumbada de lado, el largo pelo rubio tapando su cara. Se había puesto una falda blanca y una blusa sin mangas del mismo color.

Estaba preciosa.

Alargando una mano, Damon apartó el pelo de su cara, pero ella no despertó. No era fácil creer que una mujer tan bonita pudiera ser tan fría, tan mercenaria. Y más difícil creer que lo único que la excitaba fuese el dinero.

Damon sintió que algo se le encogía por dentro. Dormida parecía tan inocente, casi virginal, los labios entreabiertos, las largas y espesas pestañas rozando unos pómulos perfectos.

Recordaba lo que sintió al descubrir que había sido cómplice en la destrucción de su padre. Abbie había hecho el papel casi perfectamente... atrayéndolo, apartándose de sus besos como si tuviera miedo de la intensidad de su deseo, engañándolo con su trémula sonrisa y sus inocentes ojos azules. Pero sabía muy bien lo que estaba haciendo.

No había nada inocente en Abbie Newland. Y, a pesar de todo, eso le producía cierta consternación. Pero él sabía cómo usar ese precioso cuerpo suyo. Y sabía exactamente lo que ella quería.

–Abbie... –Damon pasó una mano por su cara–. Abbie, despierta.

Ella abrió los ojos, desorientada por un momento.

–¿No decías que no había que dormirse?

–Sólo quería tumbarme un momento... –murmuró ella, estirándose.

Damon se percató de lo bien que sabía mostrar su cuerpo. La blusa destacaba sus pechos de manera provocativa, especialmente cuando levantaba las manos sobre la cabeza de esa forma. La falda mostraba su estrecha cintura y la curva de sus caderas.

–Menos mal que he venido a rescatarte –le dijo, burlón–. No queremos que el jet lag interfiera con la diversión, ¿verdad?

Abbie despertó del todo en ese momento. ¿Cuánto tiempo llevaba Damon en la habitación? ¿Cuánto tiempo había estado sentado allí, mirándola?

–¿Qué haces en mi habitación?

–¿Tu habitación? Éste es nuestro dormitorio, Abigail. Y ésta es nuestra cama.

–Por el momento es *mi* cama. Te recuerdo que aún no estamos casados.

–Ah, qué actitud tan virtuosa para una mujer moderna y… digamos, por ser amable, menos que virtuosa. Pero no te preocupes, seré bueno contigo y conseguirás todo lo que quieras.

Cuando alargó una mano para tocarla, Abbie se apartó.

–Yo no quiero nada de ti.

–¿No me digas? –Damon se levantó al oír el crujido de las ruedas de un coche sobre el camino de grava–. Vamos al estudio. Será mejor que terminemos con esto lo antes posible.

–No puedo dejar solo a Mario. Podría despertarse…

–Mario está perfectamente. Además, hay un monitor instalado en el vestidor. Enciéndelo y podremos oírlo abajo.

–Has pensado en todo, ¿verdad?

–Eso creo. No tardes, te espero en mi estudio.

No había alternativa más que hacer lo que le pedía, de modo que Abbie se puso los zapatos y fue a comprobar que el niño seguía durmiendo.

Se decía a sí misma que lidiar con Damon en el estudio sería mejor que lidiar con él en el dormitorio, pero eso no la tranquilizaba en absoluto. Y la sensación de angustia aumentó cuando se reunió con él abajo. De no haber sido por Mario se habría dejado llevar por la tentación de seguir adelante, de atravesar la puerta y salir de aquella casa. Pero, ¿dónde podría ir? No tenía dinero y Damon se había quedado con su pasaporte.

—Sigues teniendo nuestros pasaportes —le dijo cuando entró en el estudio.

—¿Ah, sí? —Damon estaba sentado frente a un escritorio, mirando unos papeles.

—Lo sabes perfectamente.

—¿Para qué los quieres?

—Los quiero porque son míos. No puedes mantenerme prisionera aquí.

—No tengo la menor intención de mantenerte prisionera —rió Damon, abriendo un cajón para sacar un juego de llaves—. De hecho, esto es para ti. Ésta es la llave de la casa y esta otra la de un descapotable azul completamente nuevo. Acaban de traerlo.

—¿Qué? —Abbie lo miró, sorprendida.

—Ya te dije que pensaba ser generoso contigo. Puedes ir donde quieras. Mientras estés aquí cuando yo te necesite, claro.

Había pronunciado esas palabras con un tono

tan seductor que su corazón empezó a latir con más fuerza que antes.

–Mira por la ventana si quieres. Puedes ver el coche desde aquí.

Abbie apretó los puños. La trataba como si fuera una mercenaria, como si lo único que le importase fuera lo que pudiera conseguir de él. Pero no lo era y no pensaba jugar a su juego.

–No quiero ese coche.

–No te hagas la ingenua, no te va. Y a mí no me engañas.

–Quiero que me devuelvas mi pasaporte y el de mi hijo.

Damon se encogió de hombros.

–Te los devolveré, no te preocupes. Aunque no te servirán de nada.

–¿Cómo que no?

–En el pasaporte de Mario consta que se llama Mario Newland, pero ése no es mi apellido. El niño se llama Mario Cyrenci, de modo que el error se corregirá lo antes posible. Y en cuanto a ti… nos casaremos mañana por la tarde.

–¡Mañana! –exclamó ella–. ¿No es un poco apresurado?

–¿Por qué esperar? Lo único que tienes que hacer es firmar aquí –Damon deslizó un papel hacia ella–. Ah, por cierto, supongo que debería darte esto también –añadió luego, sacando una cajita del cajón.

Dentro había un magnífico solitario de diamantes.

–¿Un anillo?

–No te preocupes… a pesar de ser una antigüe-
dad, vale mucho dinero. No tiene defectos y está
montado en platino.

Ella tragó saliva.

–¿Por qué te empeñas en pensar lo peor de mí?

–Tú sabes por qué.

Abbie deseó poder contarle la verdad, que lo que
había ocurrido en Las Vegas no era culpa suya,
que tenía que ayudar a su madre… pero era terri-
blemente doloroso hablar del pasado y, además,
sabía que Damon no la creería.

–Yo no soy una mercenaria. No tuve más remedio que hacer lo que me pedía mi padre… –su voz
estaba llena de emoción–. Lo que pasó…

–Déjalo –la interrumpió él–. No quiero excusas.
Sólo un tonto no aprende de sus errores. Y yo no
soy tonto.

No, estaba claro que Damon quería pensar lo
peor de ella. Y nada de lo que pudiera decir lograría convencerlo de lo contrario.

–¿Vas a firmar este papel o no?

¿Qué pasaría si dijera que no?, se preguntó ella.
¿La metería en un avión… sin Mario? ¿Y dónde
podría ir? No tenía casa, no tenía nada salvo la maleta que había llevado con ella a Sicilia.

–Nunca firmo nada sin leerlo –anunció, levantando la barbilla. No iba a ponérselo fácil, no iba
dejar que viera que estaba derrotada–. Dámelo, lo
leeré cuando tenga tiempo.

–Muy bien. Mientras tanto, en un acto de buena fe, ¿debo ponerte esto en el dedo?

Abbie se encogió de hombros.

–Me da igual. Siempre puedo quitármelo.

Damon arrugó el ceño. Cada vez que creía tenerla donde la quería, ella daba un paso atrás.

–Estoy cansado de tus juegos, Abbie –dijo, levantándose y dando la vuelta al escritorio para poner el anillo en su dedo–. Y ahora que tú has recibido un regalo mío, creo que lo mas lógico es que yo reciba uno tuyo.

Sus palabras eran duras pero, curiosamente, no había nada duro en la caricia de sus dedos.

–¿Qué clase de regalo? –preguntó Abbie, fingiendo no saber a qué se refería, aunque lo sabía muy bien. Podía verlo en el brillo de sus ojos.

–Creo que deberías desnudarte para mí, cariño, y mostrarme qué es lo que tienes que ofrecerme.

# Capítulo 6

UN ESCALOFRÍO la recorrió de arriba abajo. Una parte de ella estaba horrorizada por esa orden y otra parte… bueno, otra parte estaba debilitada porque Damon la había tomado por la cintura y cuando hacía eso no podía pensar. Estaba tan cerca que podía sentir el calor de su cuerpo, respirar el familiar aroma de su colonia.

Sus ojos eran oscuros, penetrantes, y cuando los clavó en sus labios algo se le encogió por dentro.

Damon era el padre de su hijo, el hombre al que había amado apasionadamente una vez, el hombre que la había hecho gritar de placer mientras la llevaba al orgasmo. El hombre que, con sus caricias, logró ahuyentar la soledad que la había perseguido siempre.

Los recuerdos la envolvían, como cada vez que él estaba tan cerca.

No quería sentirse así, pero no podía evitarlo.

–No, Damon –susurró.

–¿No qué? –musitó él, apartando un mechón de pelo de su cara.

Esa extraña caricia era una tortura.

—No me atormentes.

—Cariño… —rió él, sarcástico—. ¿Por qué iba a escucharte cuando tú me atormentas tan bien?

—¿En serio? —Abbie lo miró a los ojos, sorprendida e ilusionada por el comentario.

—Desde luego, te mereces un Oscar por esta interpretación. Te haces la inocente muy bien.

—¡No te rías de mí! —exclamó ella, dolida—. Y déjame en paz, Damon. No voy a dejar que me insultes de esa forma. Yo merezco algo mejor.

—¿En serio? Bueno, pues demuéstrame qué es lo que te mereces —dijo él, burlón.

Abbie arrugó el ceño. Ella quería que la tratase como la había tratado en Las Vegas cuando eran amantes; aunque ese amor sólo hubiera sido una ilusión, era mejor que nada.

De modo que se inclinó un poco y, antes de que pudiera pensar lo que estaba haciendo, lo besó. Al principio fue una caricia tentativa pero, al sentir el calor de sus labios, el beso se hizo más apasionado. Por un momento, era ella quien había tomado el control y le gustaba, le gustaba sentir el calor de su cuerpo, le gustaba cómo respondía Damon.

Los recuerdos eran como una tenaza que apretaba su corazón. Había habido esa ternura entre ellos en el pasado. Y podía sentirla ahora también en sus labios. Ternura mezclada con un ardoroso deseo… igual que antes. Damon la había tomado por la cintura y podía sentir su erección rozándola.

Lo deseaba tanto… tanto.

Él levantó las manos para acariciar sus pechos, encontrando los pezones y pellizcándolos a través de la tela de la blusa hasta que se pusieron duros.

—Eso está mejor… —sus palabras fueron como una bofetada.

—Damon, una vez éramos felices juntos —dijo Abbie con voz ronca—. Y podríamos volver a serlo. Quizá podríamos dar marcha atrás al reloj. Podríamos volver a ser lo que fuimos en Palm Springs.

—¿Cuando yo no sabía la verdad sobre ti? —preguntó Damon, burlón—. No, no lo creo.

—Yo pensaba… hemos tenido un hijo juntos y si queremos que esto funcione quizá deberíamos olvidar el pasado.

—Bonita idea.

—Al menos podrías encontrarte conmigo en la mitad del camino —insistió ella, mirándolo a los ojos.

—Y después de encontrarnos en la mitad del camino… ¿qué?

—Ya te he dicho que podríamos dar marcha atrás al reloj, empezar de nuevo.

—¿Así de fácil?

—Podríamos hacerlo si eso es lo que queremos los dos. Y sería mucho mejor para Mario. El niño debe notar la tensión que hay entre nosotros… sería mucho mejor para él que confiásemos el uno en el otro.

Damon dio un paso atrás, mirándola de arriba abajo.

–Bueno, demuéstrame lo que significo para ti. Dame una prueba de tu devoción.

Ella arrugó el ceño, confusa.

–Tendríamos que ir paso a paso, pero podríamos intentarlo…

–Vamos a intentarlo ahora mismo, ¿te parece? Haz lo que te pido y desnúdate para mí.

Abbie dio un paso atrás.

–¿Hablabas en serio? –le temblaba la voz al preguntarlo.

–¿Tú no?

Hablaba de forma fría, despiadada y, sin embargo, cuando la besaba, cuando la tocaba, casi había creído ver al hombre al que había amado una vez.

Era como si hubiera un velo entre los dos y daba igual lo que hiciera, lo que dijera. Quizá siempre sería así. Quizá por mucho que intentase demostrarle que no era la mujer que él pensaba, siempre la vería como una mercenaria interesada sólo en el dinero.

Pero entonces, antes de que pudiera analizar lo que estaba haciendo o por qué, empezó a quitarse la blusa.

La melena rubia cayó sobre sus hombros. Llevaba un sencillo sujetador blanco de algodón rematado en satén. Para Damon, sin embargo, era la prenda interior más sensual que había visto nunca, debido en gran parte a la voluptuosidad de sus curvas.

Abbie lo miró a los ojos mientras desabrochaba su falda y la dejaba caer al suelo. Llevaba unas braguitas blancas a juego con el sujetador. Tenía una figura tan sensacional como recordaba, sus piernas largas y bien formadas.

—Sigues siendo tan preciosa como antes —murmuró—. Siempre fuiste una mujer increíblemente sexy.

A pesar de su actitud tímida y avergonzada, Abbie se mantenía erguida, mirándolo a los ojos.

—Pero ya no soy la misma.

—¿No? —el deseo de Damon aumentó hasta enloquecerlo cuando vio que iba a desabrocharse el sujetador.

—No, he tenido un hijo desde entonces. Mi cuerpo ha cambiado.

La prenda cayó al suelo.

Sus pechos eran fantásticos… grandes y, sin embargo, perfectamente formados, altos y firmes, los pezones erectos.

—Has cambiado para mejor —dijo con voz ronca—. Mucho mejor.

Parecía tan vulnerable, tan nerviosa. No podía soportar que la mirase de esa manera.

—Ven aquí —murmuró, tirando de su brazo.

—¿No querías que me quitase la ropa?

—No, déjalo —Damon empezó a acariciar su pelo y la piel desnuda de su espalda.

¿Qué demonios le pasaba? ¿Por qué se sentía tan mal? Abbie era una bruja que lo había engañado y merecía ser humillada. Pero cuando la miró a los ojos vio que estaban llenos de lágrimas.

–¿Abbie?

El sonido ronco de su voz la excitaba de tal forma... Abbie giró la cabeza y, de repente, estaban besándose. Besándose con un calor y un deseo que la rompía por dentro. Era como si hubiera saltado una chispa, prendiéndole fuego a todo.

Damon acariciaba sus pechos, pellizcando sus pezones hasta que la hizo gemir de placer. De repente, Abbie se encontró apoyada en el escritorio y luego encima de él, sintiendo la madera bajo su espalda.

Él la besaba en el cuello, en el escote, bajando la cabeza hasta sus pechos para chupar los pezones, para lamerlos. Abbie le echó los brazos al cuello. Lo único que podía pensar era que lo deseaba urgentemente.

Damon pasó la mano por encima de las braguitas, acariciándola por encima de la tela.

–Espera... ¿tienes un preservativo?

–¿Eh?

–¿Tienes un preservativo?

–Sí... en algún sitio.

Al apartarse del escritorio los papeles que había sobre él cayeron al suelo.

–A lo mejor es una premonición –Abbie lo miró, con una sonrisa en los labios–. A lo mejor ya no necesitamos ese acuerdo.

De repente, Damon se puso serio.

–Quiero decir que no tenemos que casarnos apresuradamente –intentó explicar ella–. Podemos tomarnos nuestro tiempo, recuperar el pasado, conocernos otra vez y...

–Déjalo, Abbie –la interrumpió él–. Yo no tengo intención de recuperar el pasado. Y ya te conozco lo suficiente.

Las brutales palabras cortaron toda ilusión. Nada había cambiado. Se había engañado a sí misma pensando que podría perdonarla.

Abbie lo vio subirse la cremallera del pantalón e inclinarse luego para tomar los papeles del suelo.

–Vas a firmar ese acuerdo, Abbie. De otro modo, no habrá boda.

No debería haberlo mencionado. ¿Por qué había dicho nada?

–No estaba intentando librarme de ese acuerdo...

–No, claro que no –replicó él, desdeñoso.

–He hecho lo que me has pedido –le recordó Abbie, cubriéndose los pechos desnudos con un brazo.

–Y ahora puedes hacer lo que te pido otra vez –Damon dejó los papeles sobre la mesa–. Firma el acuerdo.

Abbie no podía respirar. Había estado tan convencida de que todo podría ir bien entre ellos...

–¡Muy bien! –exclamó, tomando el bolígrafo–. Dime dónde tengo que firmar y terminemos con esto de una vez.

–Ahí. Y no olvides poner la fecha.

Mientras firmaba, Damon no podía dejar de mirarla: el pelo rubio cayendo sobre sus hombros, rozando sus pechos… aún no se había quitado los zapatos de tacón.

La erección que empujaba contra la cremallera de los vaqueros aumentó de tamaño inmediatamente.

—Ya está —dijo ella, devolviéndole el bolígrafo—. ¿Satisfecho?

—No, aún no.

El tono de su voz había cambiado; sus ojos eran como fuego líquido. Y, consternada, Abbie tuvo que admitir que eso la excitaba. ¿Cuándo iba a aprender la lección?

Intentó apartarse, pero Damon la tomó del brazo.

—Ahora vamos a consumar el acuerdo.

Ella negó con la cabeza.

—No vas a conseguir lo que quieres, Damon. Tú querías que firmase ese acuerdo y lo he firmado. Ahora tenemos que casarnos.

—Eres muy combativa cuando te interesa. Pero al menos has dejado de mentir sobre darle la vuelta al reloj y todo lo demás. Si crees que voy a olvidar lo que eres, estás muy equivocada.

—Muy bien, como tú quieras.

—No te preocupes, será como yo quiera —replicó él—. Será como yo quiera cuando yo quiera. Pero si insistes, esperaremos hasta mañana.

Abbie lo miró con una mezcla de furia y pena.

Era imposible llegar a él. Era como si estuviesen separados por un muro de cemento. Estaba tan indignada que, en lugar de recoger su ropa, salió corriendo del estudio. Prefería encontrarse con Elisabetta en la escalera que darle la satisfacción de verla inclinarse.

Afortunadamente, llegó al dormitorio sin encontrarse con nadie.

¿Cómo había podido pensar que podían dar marcha atrás? Damon nunca olvidaría lo que había hecho y jamás se preguntaría si estaba equivocado sobre ella.

Nerviosa, entró en el cuarto de baño para darse una ducha. Podía irse al infierno… ¡lo odiaba!

Pero mientras levantaba la cara para recibir el chorro de agua recordó con qué facilidad podía excitarla. Y supo que no lo odiaba en absoluto. Damon podía enfurecerla y, al minuto siguiente, despertaba en ella un anhelo tan profundo que la obligaba a devolver sus besos sin reservas.

Nunca debería haber mencionado el acuerdo. Pero de verdad había pensado que quizá podrían volver a empezar. No dejaba de recordar lo felices que habían sido en Las Vegas…

Envolviéndose en una toalla, volvió al dormitorio para vestirse.

Tenía que olvidar lo que Damon la hacía sentir y concentrarse en la realidad, se dijo. Pero cuando tomó el cepillo para peinarse frente al espejo, la luz de la lámpara se reflejó en el anillo que llevaba en el dedo, recordándole que, a partir del día siguiente, sería una posesión más de Damon Cyrenci.

Mario despertó en ese momento y empezó a llorar.

—No pasa nada, cariño.

Alegrándose de la distracción, Abbie dejó el cepillo y corrió para tomar a su hijo en brazos. Pero tendría que bajar a calentar su comida. Y enfrentarse con Damon otra vez. Con el estómago encogido, bajó la escalera con el niño en brazos.

No tardó mucho en encontrar la cocina. Estaba al lado de un comedor tan grande que podría usarse como sala de banquetes.

La cocina también era muy amplia, con el suelo de losetas en blanco y negro, una encimera de granito y modernos electrodomésticos. Elisabetta estaba cortando verduras y sonrió al verla.

—Ah, el niño se ha despertado. Es una preciosidad. Y se parece mucho a su padre.

—Sí… —Abbie tragó saliva—. El pobre tiene hambre.

—Póngalo en la trona. Voy a hacerle algo de comer.

La cuna en el vestidor, una trona en la cocina. Evidentemente, Damon había pensado en todo.

—Gracias, Elisabetta, pero puedo hacerlo yo. Usted siga con tu trabajo. No quiero molestarla —mientras ponía al niño en la trona, Abbie vio la bolsa que había llevado con las cosas del niño—. ¿Ha visto a Damon, por cierto?

–Me ha dicho que iba a su apartamento en la ciudad. Enhorabuena, por cierto. Me ha dicho que van a casarse.

–Gracias –Abbie se preguntó si Elisabetta encontraría la situación tan extraña como ella. Una boda a toda prisa, un niño del que nadie sabía nada. Todo en cuarenta y ocho horas–. ¿Ha dicho cuándo volvería?

–Va a quedarse a dormir en el apartamento –contestó el ama de llaves–. Dijo que daba mala suerte ver a la novia antes de la boda –la mujer debió ver su cara de sorpresa porque enseguida se mostró preocupada–. ¿No se lo había dicho?

–No.

–A lo mejor los dos están nerviosos por la boda –sonrió Elisabetta.

«Piensa que hemos tenido una pelea de enamorados».

Ojalá fuera tan sencillo.

–Sí, es posible –murmuró Abbie.

No podía contarle lo que estaba pasando. Era demasiado embarazoso.

–El señor Cyrenci ha disfrutado de su libertad como hombre soltero y éste es un gran paso para él. Supongo que sentirá cierta aprensión…

–Sí, claro –la interrumpió Abbie.

Sabía perfectamente lo que Elisabetta había querido decir: Damon era como un imán para las mujeres. En cuanto a sentirse aprensivo sobre la boda… no, eso no lo preocupaba en absoluto. Estaba convencido de que había comprado una amante legal, nada más.

–Y también será difícil para usted –sugirió el ama de llaves–. Ha tenido que venir a otro país, dejar su casa y a sus amigos. Es emocionante, pero supongo que da un poco de miedo. Es normal que haya cierta tensión.

–Sí, la verdad es que no nos conocemos mucho –admitió Abbie en voz baja.

–El señor Cyrenci es una persona honrada y decente. Lo pasó muy mal con la muerte de su padre. Ver que alguien querido muere es… muy duro. En fin, para él fue terrible porque su padre había sido un hombre tan bueno, tan vital hasta que se puso enfermo.

–¿Cuándo fue eso?

–Hace dos años.

–¿Cuando perdió su negocio? –preguntó Abbie, helada.

Elisabetta asintió con la cabeza.

–Sí, fue entonces.

–Yo no lo sabía…

¿Perder el negocio habría sido la causa de su enfermedad?

–En fin, el señor Cyrenci seguramente no querrá recordarlo. Y las cosas son más alegres ahora que van a casarse –el ama de llaves sonrió–. Me alegro mucho por los dos. El señor Cyrenci merece ser feliz…

Abbie intentaba escuchar, pero se sentía enferma.

–¿Se encuentra bien, señorita Newland?

–Sí, sí, estoy bien.

Pero no era verdad.

Damon debía culparla no sólo por la ruina de su negocio sino por la muerte de su padre.

–¿Quiere sentarse? Yo me encargo de Mario.

–No quiero molestarla…

–Tonterías, no es ninguna molestia. Le dije al señor Cyrenci que la ayudaría con Mario y estoy encantada de hacerlo. Yo tengo tres hijos, dos niños y una niña. Pero ya son mayores.

–Gracias, Elisabetta –sonrió Abbie–. Voy a salir un momento al jardín, para respirar un poco de aire fresco.

Fue un alivio salir, un alivio no tener que seguir fingiendo que todo estaba bien. El padre de Damon había muerto porque John Newland lo había dejado en la ruina. Su padre había arruinado tantas vidas…

Mientras daba la vuelta a la casa, sus pasos resonando sobre la gravilla, recordaba la pena que había sentido al ver que a su madre se le escapaba la vida en aquel hospital. No podía hacer nada por ella y se sentía culpable. Si no la hubiese ayudado a escapar de su padre quizá le habrían diagnosticado antes la enfermedad, quizá se habría curado…

¿Pensaría Damon lo mismo cuando la miraba? ¿Pensaría que si no hubiera ido con ella a Palm Springs aquel fin de semana su padre seguiría vivo?

Si era así no la perdonaría nunca.

Abbie se detuvo al ver el deportivo que Damon le había regalado. Pero ella no quería ese coche. No quería su dinero. Lo único que quería era llevarse bien con él. Pero esa esperanza parecía alejarse aún más con cada segundo.

–Veo que has salido para echarle un vistazo a tu nueva adquisición.

Damon estaba a unos metros, en los escalones del porche, observándola. Se había puesto unos vaqueros negros y una camiseta del mismo color. Estaba guapísimo, un orgulloso siciliano, dueño y señor de todo lo que le rodeaba.

Y al día siguiente sería su marido, pensó Abbie. Esa idea hacía palpitar su corazón.

¿Qué pasaría entre ellos a partir de entonces?

–No, sólo había salido a tomar un poco el aire. Elisabetta me dijo que te habías ido a la ciudad.

–Sí, me voy. Pero antes tengo que solucionar un par de cosas.

–Al menos ya has solucionado el papeleo para la boda –Abbie apartó la mirada.

Damon la miraba con los ojos entrecerrados. Había algo en su forma de decirlo. Parecía tan inocente, tan triste…

¿Qué le pasaba? ¿Por qué empezaba a ablandarse? Parecía triste porque la había obligado a firmar el acuerdo de separación de bienes y sabía que no podría conseguir un divorcio rápido y marcharse con su fortuna.

Ése era el tipo de persona que era y no debía dejar que unos ojos azules y una bonita figura nublasen su visión de la realidad.

No debería tener remordimientos por lo que le estaba haciendo. No debería sentir vergüenza por haber hecho que se desnudara. Porque era ella quien quería seducirlo para que se olvidase del acuerdo.

Y ahora estaba allí, mirando el descapotable... seguramente preguntándose cuánto dinero podría valer.

Era así de traicionera.

—Sí, ya me he encargado de eso —replicó, con frialdad—. Lo único que falta es el papel oficial.

La brisa movía su pelo y Abbie levantó una mano para apartarlo de su cara. La deseaba tanto... Nunca había deseado a una mujer como la deseaba a ella y no sabía cómo era capaz de controlarse. Pero al día siguiente compensaría el tiempo perdido; la tomaría una y otra vez hasta quedar satisfecho.

—¿Va a ser una ceremonia civil?

—Pues claro. ¿Esperabas una gran boda, con muchos invitados de alcurnia? ¿Un vestido blanco, tu padre como padrino quizá?

—No esperaba nada —Abbie levantó la barbilla—. Si quieres que te sea sincera, ya no espero nada de ti. Antes he intentado convencerte de que podríamos vivir juntos y ser felices... —Abbie quería explicar lo que sentía, pero las palabras se le atragantaban.

Quería decirle que lamentaba la muerte de su padre, que sentía mucho haber hecho un papel en la ruina de su familia y que intentaría compensarlo por ello. Pero no podía hacerlo porque las lágrimas la ahogaban y no quería llorar delante de él.

Damon sacudió la cabeza, acercándose.

—No sé si seremos felices, pero a partir de mañana serás mi fiel y dulce esposa.

Abbie sabía que no había nada que hacer, nada que decir. Damon siempre pensaría que lo había traicionado y seguramente siempre la culparía por la muerte de su padre.

—Muy bien, de acuerdo.

# Capítulo 7

ERA EL día de su boda.

Abbie estaba en su dormitorio, mirándose al espejo, pero no podía creer lo que iba a pasar; iba a casarse con Damon Cyrenci.

De niña siempre había dicho que no iba a casarse. Seguramente el matrimonio de sus padres la había hecho renunciar a tal idea. Desde luego, John y Elizabeth Newland no eran precisamente un buen ejemplo a seguir.

Recordaba haberle dicho a su madre una vez, cuando tenía diez años, que ni siquiera quería tener novio. Ella se había reído.

—Abbie, cuando seas mayor y conozcas a alguien que te quiera de verdad cambiarás de opinión. Y espero que sea un hombre bueno y cariñoso. Con esa clase de amor, podrías conquistar el mundo entero.

¿Por qué estaba pensando en eso ahora? Abbie parpadeó para contener las lágrimas. No podía pensar en su madre aquel día.

Entonces miró hacia abajo. Llevaba un traje de chaqueta color marfil, con falda por la rodilla y una chaqueta a juego que destacaba su estrecha cintura.

Ante la insistencia de Damon, había tenido que ir a la ciudad en la limusina para comprarlo.

–Cómprate ropa interior también –le había dicho él, sacando unos billetes de la cartera.

Pero ella se había dado la vuelta antes de que pudiera poner el dinero en su mano.

–Puedo comprarme mi propia ropa.

–Los dos sabemos que lo que quieres es gastarte mi dinero, ¿no?

–No, Damon, no quiero tu dinero.

Seguía pensando que eso era lo único que le interesaba de él. Y entendía que lo pensara. Desde su punto de vista, siempre había vivido del dinero de su padre sin remordimiento alguno. Era calculadora y mercenaria. Y nada de lo que ella pudiera decir podría cambiar esa opinión. Ni cambiar el pasado. Había hecho lo que había hecho y el padre de Damon había muerto arruinado. Su única esperanza era que, una vez casados, llegase a conocerla de verdad y se diera cuenta de que nunca había querido hacerle daño, que había sido tan víctima como él. Y que no era una mala persona.

Damon no estaba en casa cuando volvió de la ciudad. Había pasado la noche en su apartamento y Elisabetta le dijo que se encontrarían en el Ayuntamiento, donde tendría lugar la boda.

Se preguntó entonces cómo habría pasado su última noche de soltero y cómo se sentiría esa mañana. ¿Qué estaría pensando? ¿Habría dormido con otra mujer?

No quería pensar en eso porque la llenaba de angustia.

Entonces sonó un golpecito en la puerta.

—El coche está esperando —la llamó Elisabetta.

¿Estaría esperándola Damon? A lo mejor había decidido que no merecía la pena casarse sin amor. Y tendría razón, pero la idea de perderlo le dolía tanto que la dejaba sin respiración.

—¿Abbie? Vamos, llegas tarde —Elisabetta asomó la cabeza en la habitación, con Mario en brazos—. ¡Ay, qué guapa estás!

—Gracias —sonrió ella, acariciando la carita del niño—. ¿Se ha portado bien?

—Como un ángel. Y no te preocupes por él, yo lo cuidaré.

Abbie asintió. Habría querido llevar a Mario con ella al Ayuntamiento, pero Damon había insistido en que lo dejara con Elisabetta.

—La ceremonia sólo durará unos minutos y volveremos a casa enseguida —le había dicho—. ¿No tiene que echarse una siesta después de comer?

—Sí, pero…

—Entonces será mejor que se quede en casa. Es un niño, Abbie. No sabrá qué estamos haciendo y se aburrirá durante la ceremonia. Lo único importante para Mario es que, a partir de ahora, tendrá a su padre y a su madre para siempre.

—Voy a meterlo en la cuna en cuanto te vayas

–estaba diciendo dijo Elisabetta–. Y encenderé el monitor, por supuesto.

–Sube de vez en cuando para verlo. Por si se siente solo...

–Sí, no te preocupes. No sólo soy madre, también soy abuela.

–¿En serio? –sonrió Abbie.

–En serio. Y soy una abuela estupenda.

–No tengo la menor duda.

Y tampoco tenía la menor duda de que Mario estaría perfectamente en manos de Elisabetta. Era una mujer capaz, amable y al niño parecía gustarle. Lo que la preocupaba era lo que iba a pasar en el Ayuntamiento.

El ama de llaves la acompañó abajo y se quedó en la puerta con el niño en brazos, diciéndole adiós mientras ella subía a la limusina.

El intenso calor de la tarde hacía que el paisaje tuviera un aspecto aletargado, silencioso, como si todo a su alrededor estuviera dormido.

Frente a ella pasaban naranjos y limoneros y el mar podía verse detrás de las montañas, bajo el cielo azul.

La limusina llegó a la plaza del pueblo y se detuvo a la sombra de un árbol. Abbie había pensado que se casarían en la ciudad, donde había comprado su traje, pero aquel pueblo era encantador y tenía un aire irreal, casi romántico.

Entonces sonrió, con tristeza. Estaba segura de que Damon no había elegido el sitio por eso.

Las casas estaban pintadas de blanco y las calles, estrechas, eran de adoquines. En alguna parte sonó una campana, pero no había nadie alrededor. Ni un alma. A lo mejor Damon iba a darle plantón...

Cuando el chófer le abrió la puerta de la limusina, Abbie vio un gato negro a la sombra de un árbol, mirándola con sus enormes ojos verdes. Seguramente era un mal augurio, pensó.

Luego, cuando salió del coche, su mirada se encontró con la de Damon y su corazón se puso a galopar.

Estaba en los escalones de un edificio, muy elegante con un traje de chaqueta, su pelo brillando al sol. Abbie se detuvo un momento para grabar en su memoria cada detalle.

Pero cuando Federico cerró la puerta de la limusina, el ruido la devolvió a la realidad.

Los oscuros ojos sicilianos estaban clavados en ella mientras se acercaba, prácticamente desnudándola.

—Hola —sonrió Abbie, sin saber qué decir—. ¿Llego tarde?

—La verdad es que sí —sonrió Damon—. Pero la espera ha merecido la pena.

—Entonces no pasa nada.

—No, supongo que no. ¿Terminamos con esto?

Abbie vaciló un momento antes de dejar que Damon tomase su mano para entrar en el edificio. Dentro estaba oscuro y fresco. Sus altos tacones resonaban sobre el suelo de mármol.

La sala en la que entraron tenía los techos muy altos y una galería superior. El sol entraba a través de una vidriera, cayendo sobre una mesa tras la que había una silla que parecía un trono y dos banderas, una siciliana y otra italiana.

Había asientos como para cincuenta personas, pero allí sólo había un grupo de tres, dos hombres y una mujer, todos con traje de chaqueta.

–Señor Cyrenci –la mujer estrechó su mano, hablando con él en italiano–. Mis disculpas, señorita Newland, no sabía que no hablase italiano. La ceremonia se hará en su idioma, naturalmente. Le presento a los testigos, Luigi Messini y Alfredi Grissillini, funcionarios del Ayuntamiento–. ¿Podemos empezar?

Mientras ellos se sentaban en sendas sillas frente a la mesa, la mujer se sentó en aquella especie de trono. Todo parecía irreal, pensó Abbie mientras la escuchaba hablar sobre la institución del matrimonio.

Damon escuchaba atentamente también y ella aprovechó para admirar su perfil, el firme mentón, la sensual curva de sus labios, la aristocrática nariz. Tenía algunas canas, muy pocas, en las sienes. Y llevaba el pelo apartado de la cara, un poco alborotado, como siempre. Le encantaba su pelo ondulado, le encantaba pasar los dedos por él mientras la besaba…

La idea de que la besara hizo que su estómago diera un saltito, pero apartó la mirada cuando la mujer les pidió que se levantasen.

–Abigail Newland, ¿aceptas a este hombre, Damon Allessio Cyrenci, como marido? ¿Prometes amarlo y respetarlo durante todos los días de tu vida?

Abbie miró a Damon, que estaba mirándola a su vez. Su corazón latía con tal fuerza que casi le hacía daño.

–Sí, lo prometo.

–Damon Allessio Cyrenci, ¿aceptas a esta mujer, Abigail Newland, como esposa? ¿Prometes amarla y respetarla durante todos los días de tu vida?

–Sí, lo prometo –dijo él, poniendo la alianza en su dedo.

–Yo os declaro marido y mujer –la mujer sonrió–. ¿Puedo ser la primera en felicitarlos?

–Gracias –Damon no había dejado de mirar a Abbie y, por un momento, era casi como si estuviera dándole las gracias a ella–. Deberíamos sellar el trato con un beso, ¿no?

Sin esperar respuesta, se inclinó para rozar sus labios tiernamente y ella le devolvió el beso. Pero quería más, quería que aquel sitio y aquellos extraños desaparecieran y la dejaran sola con él para terminar lo que habían empezado tanto tiempo atrás.

Mientras firmaban en el registro, la vidriera teñía el libro de colores… rojo, naranja, azul. Era una sensación irreal, como si no fuera ella quien acabara de casarse.

Unos minutos después estaban en la calle otra vez, bajo un sol de plomo.

¿Había ocurrido de verdad? ¿Se habían casado? Abbie miró al guapo siciliano a su lado. Era un extraño para ella en muchos sentidos y, sin embargo, tremendamente familiar.

–¿Cómo se encuentra, señora Cyrenci?

Abbie no sabía cómo se sentía.

–Sorprendida –admitió.

Cuando el chófer abrió la puerta de la limusina fue un alivio entrar en un sitio con aire acondicionado.

Había una botella de champán en un cubo de hielo y Damon la descorchó mientras el vehículo salía del pueblo.

Después de pulsar un botón para subir el cristal que los separaba del conductor, le sirvió una copa y se arrellanó en el asiento para mirarla.

¿Cómo era posible que con una simple mirada pudiese acelerar el ritmo de su corazón? ¿Eran sus ojos? Tenía los ojos más bonitos que había visto nunca, desde luego. ¿O era ese aire de poder, de masculinidad? Damon Cyrenci irradiaba un poderoso magnetismo. Y fuera lo que fuera, la afectaba como nadie.

Estuvieron tanto rato en silencio que, al final, Abbie sintió que debía decir algo para romper la tensión.

–No me puedo creer que estemos casados de verdad.

–Pues lo estamos –sonrió él–. Y eres una novia muy sexy. Me gusta ese traje.

–Gracias.

–Y el pelo también. Te queda estupendo recogido así.

Damon se fijó en la piel perfecta, en el rubor en sus mejillas, en el brillo de sus labios.

Lo había dejado sin aliento cuando salió del coche. Nunca había deseado a nadie como la había deseado a ella en ese momento. El traje era perfecto; elegante y sofisticado al mismo tiempo. Pero los mechones que escapaban del recogido alrededor de su cara le daban un aire juvenil, vulnerable que lo turbaba de una forma extraña.

Ojalá pudiera librarse de esa sensación. Quería sentir deseo por ella, nada más...

–¿Dónde vamos?

–A mi apartamento de la ciudad. Allí habrá un almuerzo preparado para nosotros... y luego nos iremos a la cama –contestó él, observando que se ponía colorada–. ¿Tienes hambre?

Abbie apartó la mirada. No quería comer. No sabía lo que quería...

La idea de pasar la tarde en la cama con Damon era infinitamente excitante y aterradora al mismo tiempo.

–No, la verdad es que no. ¿No crees que deberíamos volver a la casa? Quiero comprobar si Mario está bien.

–Mario estará dormido –Damon volvió a llenar

su copa–. Y puedes confiar cn Elisabetta, sabe lo que hace.

No podía discutir eso.

¿Le pediría que se desnudara como había hecho el día anterior? ¿Sería dulce con ella? En el pasado, Damon siempre había sido un amante tierno y sensible, además de apasionado.

Nerviosa, tomó un sorbo de champán y empezó a juguetear con los botones de la chaqueta.

Damon la observaba, sonriendo.

–Deberías quitártela.

–No, gracias.

–¿Ya estás incumpliendo tus promesas? –replicó él, burlón–. Eso no puede ser, Abbie.

–Puede que sea tu esposa, pero yo tomo mis propias decisiones. Y hay ciertas cosas que no pienso hacer.

–¿Qué cosas, por ejemplo? –Damon parecía estar disfrutando de su incomodidad.

–No vas a decirme qué tengo que ponerme, qué debo hacer… y, sobre todo, no vas a decirme cómo educar a Mario.

–Todo lo que concierna a Mario lo decidiremos juntos. Eres su madre y yo respeto eso. Pero en cuanto a lo que te pongas y lo que hagas, especialmente en el dormitorio… en ese aspecto yo tomo las decisiones.

Su arrogancia la indignó, pero el brillo de sus ojos oscuros hizo que la recorriese un escalofrío de deseo.

Abbie apartó la mirada, enfadada consigo misma.

–Y, por cierto, cuando he dicho que te quitaras la chaqueta lo he dicho porque parecías incómoda –añadió Damon–. No iba a decirte que te quitaras todo lo demás. Bueno, aún no.

–Muy gracioso.

Poco después la limusina se detenía en el puerto. Había yates de lujo meciéndose en las tranquilas aguas del Mediterráneo, rodeados por elegantes boutiques y restaurantes de cinco tenedores. Evidentemente, aquél era un sitio para los más ricos, pero había retenido parte de su encanto y su carácter porque los edificios nuevos se mezclaban con los antiguos y, frente al malecón, había pescadores tejiendo sus redes.

–Mi apartamento está ahí –dijo Damon, señalando un moderno edificio.

Era un ático y, en contraste con la casa, ultra moderno hasta parecer minimalista. La guarida de un soltero, pensó Abbie.

Damon abrió las puertas de la terraza, ofreciéndole una espectacular vista del puerto y el mar Mediterráneo.

Alguien había puesto la mesa para el almuerzo, con un mantel de lino blanco, cubiertos de plata y copas de fino cristal. Además, había una botella de champán metida en un cubo de hielo y… globos atados a la balaustrada.

–Cometí el error de decirle a mis empleados que

me iba a casar… han debido pensar que los globos
serían un toque especial.

–Lo son –sonrió Abbie–. A mí me gustan.

–Hay algo que seguramente te gustará más esperando sobre la mesa –dijo él, señalando una cajita de terciopelo.

–¿Qué es?

–Ábrela.

Antes de que Abbie pudiera hacer nada el móvil
de Damon los interrumpió. Él miró la pantalla y,
después de hacerle un gesto de disculpa, desapareció en el salón.

Lo oyó hablar en italiano, pero no estaba pres-
tando atención. ¿Por qué no podía entender que
ella no quería sus regalos? Abbie abrió la caja y
dentro, sobre una cama de terciopelo negro, encontró un colgante que seguramente valdría una fortuna. Era un diamante de gran tamaño sujeto por
una cadena de oro.

Entonces recordó la conversación que habían
mantenido cuando él sugirió que se casaran:

«¿Crees que me ataría a ti en un matrimonio sin
amor?»

«Por dinero, seguridad y los lujos a los que estás acostumbrada, sí, lo creo».

Dejando la caja sobre la mesa como si quemara,
Abbie se acercó a la balaustrada para mirar el
puerto, con los ojos llenos de lágrimas.

–¿Te ha gustado el colgante? –preguntó Damon.

Ella no contestó.

—Es de verdad —bromeó él.

Abbie cerró los ojos. Entendía que la creyese una mercenaria y no sabía cómo iba a poder convencerlo de que no lo era.

—Bueno, ¿quieres que comamos?

—No tengo hambre. Y no sé qué estamos haciendo aquí. Deberíamos estar de vuelta en la casa.

—Tú sabes lo que estamos haciendo aquí.

—Mario despertará dentro de nada…

—Mario estará dormido ahora mismo.

Abbie no dijo nada. Sabía que era verdad, pero le gustaría que Damon no le hubiese comprado ese collar, que las cosas fueran diferentes. Que esos globos significaran algo para él.

¿Qué le pasaba? ¿Cómo podía pensar esa tontería?

—Elisabetta me ha contado lo de tu padre —dijo por fin.

—¿Qué te ha contado?

—Que se puso enfermo después de perder el negocio y… lo siento, Damon. Yo no quería que eso pasara.

La sinceridad que había en su voz lo dejó perplejo.

—Bueno, sugiero que nos olvidemos del pasado y del resto del mundo por un momento.

—Pero tú no puedes olvidar el pasado, ¿verdad? Y tu padre murió por culpa de lo que pasó…

—Mi padre murió porque había fumado mucho durante toda su vida —Damon arrugó el ceño.

–Ah. Pensé que perder su negocio…

Parecía genuinamente angustiada, pero sólo tenía que recordar lo fría que había sido en el pasado para saber que aquello no era más que una artimaña. Una persona que no quería aprovecharse de los demás no iba por ahí engañándolos, no usaba deliberadamente su cuerpo para conseguir lo que quería.

–Abbie, tú no contribuiste a su muerte, pero tienes razón sobre una cosa… yo no puedo olvidar el pasado ni lo que eres. Porque sería un tonto si lo hiciera.

–Si piensas eso, me sorprende que hayas insistido en casarte conmigo.

–Al contrario, cuando bajaste del coche supe que estaba haciendo lo que debía hacer.

–¿Por qué?

–Porque tenemos un hijo en común. Mario es lo más importante.

Dadas las circunstancias, Abbie sabía que debería contentarse con eso, pero la frialdad de su respuesta era como una daga en su corazón.

–Es muy noble por tu parte dejar a un lado tus necesidades para pensar en el niño –le dijo, irónica.

–¿Quién ha dicho que he dejado a un lado mis necesidades? No tengo la menor intención de hacer eso –sonrió Damon–. Pero quiero que Mario sea feliz. Yo sé lo que es crecer sintiéndose abandonado. Mi madre se marchó de casa cuando yo tenía ocho años y… en fin, siempre juré que no haría que otro niño tuviera que pasar por eso. Un niño necesita estabilidad. Formar una familia es un gran compromiso.

—¿Es por eso por lo que no te has casado hasta ahora?

—Ser soltero es algo que se me da bien.

—¿Y ahora que estamos casados piensas seguir haciendo vida de soltero?

¿De qué estaba hablando?, se preguntó Damon. A pesar de su fiera expresión, hablaba con voz ronca y sus ojos…

—Pensé que había dejado muy claras mis intenciones. Quiero un hogar estable para Mario, así que pienso divertirme contigo a partir de ahora. Cero que conseguirás satisfacerme. Eres muy atractiva, guapísima… pero, claro, eso ya lo sabes.

Abbie apartó la mirada de nuevo. Algo en su expresión lo hacía desear olvidar lo que era y abrazarla tiernamente. Había pasado lo mismo cuando salió del coche y también cuando lo miró mientras hacían las promesas en el Ayuntamiento.

Pero no iba a dejar que le robase el corazón otra vez. Cuando la tocase sería para tomarla, para poseerla, para usarla como ella lo había usado una vez.

—¿Brindamos por el futuro? ¿O por nuestro nuevo acuerdo?

—¿Qué tal por una nueva adquisición? —sugirió ella, sus ojos brillando con esa mezcla de desafío y dolor.

–¿O por Mario? –sugirió Damon–. La única cosa que hemos hecho bien.

–Sí, claro –asintió Abbie, mirando alrededor–. ¿Dónde están tus empleados?

–Se han ido. Tenemos un acuerdo que me ofrece máxima intimidad.

–Ah, claro, aquí todo el mundo es muy obediente.

–Aparte de una persona… –Damon clavó una mirada posesiva en sus labios–. Mi esposa. La mujer que ya me ha advertido que no piensa cumplir lo que ha prometido. Pero eres mía, Abbie. Y eso significa que debes cumplir las promesas que has hecho.

–Mantendré las que son importantes, no te preocupes.

Algo en su forma de decirlo, en su manera de mirarlo, lo perturbó. Sin embargo, Abbie dejó su copa sobre la mesa y empezó a quitarse la chaqueta. Debajo llevaba una camisola de satén de color melocotón que destacaba la curva de sus pechos…

Cuando levantó la mirada, vio un brillo de deseo en los ojos de Damon. Le gustaba cómo la miraba, pero sabía que no la quería. Y sabía lo que pensaba de ella.

Aun así, la deseaba. Y ella necesitaba que la desease. Necesitaba llenar el vacío que había en su interior. Era el único hombre de su vida. No entendía por qué y no quería hacerse demasiadas preguntas al respecto. Lo único que sabía era lo que Damon podía hacerla sentir. Y quería sentirlo otra vez.

–¿Por qué no te pones el regalo que he comprado para ti… y te quitas todo lo demás?

La seductora sugerencia inflamó sus sentidos.

–No quiero tu regalo.

Damon alargó una mano para acariciar su cuello.

–Pues yo sí quiero el tuyo… y lo quiero ahora mismo –murmuró, tocando el escote de la camisola.

El roce de sus dedos era tan sensual. Abbie sabía lo que quería y no se molestó en fingir. No tenía sentido cuando su cuerpo deseaba obedecer la orden.

–¿Alguien puede vernos desde aquí?

–Absolutamente nadie.

–¿Esto es lo que quieres que haga? –murmuró, desabrochando su falda y dejándola caer al suelo. Llevaba un liguero y estaba tan sexy que Damon sintió que estaba a punto de explotar–. ¿Hasta dónde quieres llegar?

–Tú sabes dónde quiero llegar –contestó él–. Hasta el final.

# Capítulo 8

DESPUÉS de la falda se quitó la camisola. Su ropa interior era deliberadamente provocativa. El sujetador levantaba sus pechos, mostrándolos a la perfección, las braguitas de encaje eran transparentes y en cuanto al liguero... bueno, era tan sexy que Damon no podía explicarlo con palabras.

La deseaba, deseaba llenarla por completo... poseerla totalmente.

Y su ardiente mirada excitaba a Abbie. Deseaba que la tomase entre sus brazos, necesitaba desesperadamente que la abrazase.

–¿Te ayudo a quitarte la chaqueta? –era una excusa para acercarse a él–. Podría quitarte la corbata –murmuró, pasando las manos por su torso para deslizarla sobre sus hombros. La prenda cayó al suelo, al lado de las suyas.

Incapaz de seguir pensando de forma racional, Damon la empujó suavemente contra la pared.

–Tú sabes muy bien lo que me haces, ¿verdad? Con esos enormes e inocentes ojos azules...

Abbie se estremeció cuando pasó las manos por

la curva de sus pechos, apretando los pezones a través del encaje del sujetador. La caricia enviaba escalofríos de placer por todo su cuerpo y, como una droga adictiva, la hacía desearlo aún más.

Damon sonrió al oírla gemir, inclinando la cabeza para buscar sus labios. Aquel beso no se parecía a ninguno, fiero, abrasador; haciéndola sentir mareada, poseída casi. Abbie abrió la boca y dejó que la llenase, sintiendo el calor del cuerpo masculino apretado contra el suyo.

Pero cuando creía que iba a morir de deseo, él se apartó.

—No te pares ahora, Damon… —no tuvo que seguir porque, de repente, sintió sus dedos acariciándola a través de las braguitas.

Estaba húmeda y lista para él, temblando.

—Te gusta esto, ¿verdad? —susurró Damon.

Ella cerró los ojos. Sus pechos se habían hinchado, como suplicando que los tocase. Su cuerpo estaba diciéndole que tenía que ser suya… se lo decía con tal fuerza que no podía pensar.

Entonces, de repente, sintió que le bajaba las braguitas de un tirón, tocándola hasta dejarla sin aire mientras, con la otra mano, apartaba el sujetador para chupar sus pezones.

Excitada, acarició su alborotado pelo, entregándose a él con total falta de control. Pero, cuando pensaba que iba a morir de placer, él se apartó.

—Damon…

—Seguiremos dentro.

Tenía que hacer uso de toda su fuerza de voluntad para no perder el control. Con esos zapatos de tacón, las medias apretando sus firmes muslos… tenía que contenerse. Pero cuando Abbie se sentó al borde de la cama, Damon no pudo esperar para quitarse la ropa.

Parecía tener tanta prisa que se quitó la camisa sin desabrocharla siquiera… porque la deseaba. Saber eso hizo que Abbie se sintiera poderosa, pero no era nada comparado a lo que sintió al verlo desnudo.

Tenía un cuerpo perfectamente formado, el estómago plano, los abdominales marcados. Abbie lo recordaba muy bien, recordaba haberse quedado sorprendida la primera vez que lo vio desnudo. Y eso no había cambiado en absoluto.

Cuando Damon se sentó a su lado empezó a quitarse las medias, pero él la tumbó sobre el edredón de satén.

–No te muevas –murmuró, buscando su boca. Ardiendo de deseo, apartó el sujetador a un lado para besar sus pechos, haciéndola suspirar de deseo.

Después de colocarse sobre ella, alargó una mano para sacar un preservativo del cajón y se enfundó en él antes de poseerla con insistentes embestidas. Pero, de vez en cuando, se apartaba un poco para acariciarla tiernamente, besándola con dulzura, tocando su pelo…

Murmuraba su nombre una y otra vez mientras

su cuerpo la dominaba, tomándola con despiadada determinación y, al mismo tiempo, con exquisito cuidado, poseyéndola con un ardor que la hacía responder de la misma forma.

Damon la miró a los ojos y murmuró algo en italiano.

—Me gusta cuando hablas tu idioma —musitó Abbie.

Él dijo algo más que no entendió y luego, sin dejar de moverse, inclinó la cabeza para chupar sus pezones, llevándola a un orgasmo tan poderoso que la hizo gritar. Sólo entonces se dejó ir Damon, mientras ola tras ola de placer hacía que los dos se convulsionaran.

Estuvieron en silencio durante largo rato. Abbie tenía ganas de llorar, no de tristeza sino de alegría porque hacer el amor con él había sido tan increíble como recordaba. De nuevo se había sentido protegida, querida por él.

Pero no era amor, era sexo, intentó recordarse a sí misma. El problema era que no le parecía sólo eso. Cuando Damon la abrazaba de esa forma se sentía feliz.

Él acarició su pelo y luego, distraído, le dio un beso en la frente.

Fue un gesto tan tierno que Abbie dejó escapar un suspiro.

—Hacer el amor contigo es tan… maravilloso.

—Sí, sigue habiendo química entre nosotros. Yo sabía que sería así.

–Pero te has destrozado la camisa.

Damon soltó una carcajada.

–¿Qué tal se le da la costura, señora Cyrenci?

Ella sonrió. La conexión entre ellos era tan fuerte que el mundo exterior dejaba de existir. No podía haberle hecho el amor con tal pasión si no sintiera nada por ella, pensaba.

–Nadie me hace sentir lo que tú me haces sentir –le confesó.

Sus ojos se encontraron y, por un momento, pensó que él iba a decir algo similar.

Pero Damon vaciló. Sonaba tan sincera… y no había la menor duda de que respondía de forma apasionada a sus caricias. Hacer el amor con ella siempre había sido increíble, pero ahora era mejor que antes. Claro que aquello no era amor, se dijo. Y tenía que recordarlo cuando trataba con Abbie.

Sí, disfrutaba del sexo, pero incluso las criaturas más mercenarias de la tierra lo hacían. Probablemente lo que la excitaba tanto era su dinero.

Era difícil aceptar eso cuando lo miraba de esa forma. Pero tenía que aceptarlo. Y, al menos, disfrutaban juntos en la cama porque de no ser así… en fin, él nunca había forzado a una mujer y no tenía intención de empezar a hacerlo.

–Y por eso nuestro acuerdo va a funcionar perfectamente.

Abbie cerró los ojos. No había esperado una declaración de amor, pero tampoco pensó que le re-

cordaría su acuerdo en aquel momento precisamente.

–Sí, tienes razón –murmuró, sin mirarlo.

Damon notó que se apartaba de él y se enfadó
consigo mismo, como si hubiera desperdiciado un
momento precioso.

¿Qué le pasaba? Debía estar usándola como lo
había usado ella… no haciendo declaraciones apa-
sionadas. Pero, por un momento, le habría gustado
abrazarla de nuevo, decirle que a él le pasaba lo
mismo. Que nunca había sentido con otra mujer lo
que sentía con ella.

Estaba perdiendo la cabeza, se dijo.

–Deberíamos volver a la casa –dijo Abbie entonces.

–No vas a ir a ningún sitio, Abigail… –Damon
tiró de ella para besarla de nuevo.

–Suéltame, tengo sed –ella se apartó abruptamente y Damon la observó mientras tomaba su camisa del suelo y se la ponía para ocultar su desnu-
dez.

Unos minutos después, sólo con el pantalón, entró en la cocina y la encontró sacando una botella
de agua mineral de la nevera.

–¿Me sirves un vaso?

–Sí, claro.

–Estás muy guapa con mi camisa, por cierto. Lo
único que falta es el colgante que te he comprado.

–Ya te he dicho que no quiero regalos.

–No, seguro que no –Damon desapareció un
momento y volvió enseguida con la caja. Quizá si

se ponía el caro diamante le recordaría lo que era, pensaba. Porque cada vez que lo miraba con esos ojos tan limpios estaba en peligro de olvidarlo.

–No quiero ese colgante, Damon.

–¿Qué pasa, el diamante no es lo bastante grande?

–¡No…! –Abbie se dio cuenta de que sería absurdo intentar convencerlo–. Déjalo, no sirve de nada.

–Te lo he comprado como regalo de boda, así que lo mínimo que podrías hacer es ponértelo.

–No voy a hacerlo.

–¿Por qué eres tan cabezota?

–¡Tú también lo eres! Te he dicho que no quiero ni tu dinero ni tus regalos.

¿A quién quería engañar?, se preguntó él.

–Ven aquí –dijo, tomando su mano para llevarla al salón. Una vez allí se dejó caer en el sofá, sentándola sobre sus rodillas.

–Levántate el pelo.

–No.

–Haz lo que digo, Abbie. Sólo es un collar.

–Pero no es sólo eso, ¿verdad? No es sólo un collar, es un símbolo de lo que piensas de mí.

Sin hacer caso, Damon abrió la caja y sacó el diamante.

–Levántate el pelo.

Como no le obedecía, él mismo se lo puso alrededor del cuello, levantando luego su pelo y dejando que los sedosos mechones resbalaran por sus dedos.

–Ya está. Te queda precioso.

Ella se quedó inmóvil, mirándolo con gesto de desafío.

–No me mires así. Te compraré otro mañana si éste no te gusta. Uno que elegirás tú misma, ¿de acuerdo?

Abbie no podía hablar. Estaba helada por dentro.

«No me quiere, no confía en mí, nunca lo hará».

–¿Estás bien?

Había una nota de preocupación en su voz y eso la sorprendió.

–No, no estoy bien –murmuró ella, enterrando la cara entre las manos. No podía enamorarse de Damon y, sin embargo, sabía que estaba enamorada. Quizá nunca había dejado de amarlo.

–No te he hecho daño, ¿verdad? Abbie, yo no quería hacerte daño.

–No, no me has hecho daño. No pasa nada. Es que estoy cansada. Anoche no dormí bien… y esta mañana estaba demasiado nerviosa como para desayunar.

–¿Tienes hambre?

–Sí, un poco.

No era verdad, pero tenía que hacer algo para dejar de pensar en la situación, para moverse, para salir de aquel estado de estupefacción en el que estaba sumida.

–Ven, vamos a la cocina –Damon tomó su mano.

—Aquí hay de todo —suspiró Abbie abriendo la nevera—. ¿Qué quieres comer?

—Lo que tú elijas.

Abbie sacó salmón ahumado y una ensalada ya preparada.

—¿Quieres que comamos en la terraza?

—No, sólo vamos a picar algo. Es mejor aquí —contestó él, señalando dos taburetes.

Se sentía inseguro, incómodo. ¿Por qué se mostraba Abbie tan frágil, tan angustiada? Había disfrutado haciendo el amor tanto como él, estaba seguro de eso.

—¿Así que estabas nerviosa esta mañana?

—Sí, un poco. ¿Tú no?

—Sí, un poco.

—¿De verdad?

—He sido soltero mucho tiempo, así que...

—¿Saliste anoche? —le preguntó Abbie. Intentaba sonar despreocupada, como si no fuera cosa suya. Pero le importaba. Demasiado.

—No, estuve trabajando. Debía solucionar muchas cosas para tener unos días libres contigo.

—Ah, ya —Abbie sonrió, un poco más animada.

—¿Quieres champán?

—Sí, gracias.

Era agradable estar sentada allí, con él. Si no lo pensaba mucho, casi podía imaginar que eran una pareja de enamorados.

—¿Sabes lo que falta aquí? —preguntó Damon entonces.

–¿Música?

–No, pero eso podría arreglarse. Me refería a la vista.

–Podemos salir a la terraza si quieres.

–No, me refería a esto –Damon sonrió mientras alargaba una mano para desabrochar el primer botón de su camisa–. Y quizá deberías quitarte esto.

Atónita, Abbie vio que le quitaba el colgante y lo dejaba sobre la mesa.

–¿Así está mejor?

Ella asintió con la cabeza.

–Infinitamente mejor.

# Capítulo 9

ABBIE, relajada en una tumbona, fingía leer un libro. Pero lo que hacía en realidad era observar a Damon jugando con Mario en la piscina. Al niño le encantaba estar con su padre y reía como loco cuando lo levantaba y volvía a meterlo en el agua hasta la cintura.

Damon debía hacer ejercicio regularmente, pensó, observando sus bíceps. Pero, aunque había un gimnasio en el sótano, nunca lo había visto allí. Y cuando le preguntó por la noche, en la cama de matrimonio, él había soltado una carcajada.

–No hay suficientes horas en el día… además, estoy ahorrando energías para ti.

Desde luego, habían hecho «mucho ejercicio» durante aquella semana. Y cuando pensaba en ello, su corazón se volvía loco. Desde que Damon le quitó el colgante era como si hubieran pasado una página en su relación.

Ella sabía que nada fundamental había cambiado, que Damon seguía sin confiar en ella, pero era como si hubiesen firmado una tregua.

Y se alegraba porque aquélla había sido la mejor semana de su vida.

Le encantaba verlo jugando con Mario, protector y tierno y, al mismo tiempo, divertido. Durante esos días el niño se había acostumbrado a él, sus ojitos iluminándose cada vez que su papá entraba en la habitación.

—¿Por qué no te bañas? —le gritó Damon.

—No, estoy bien aquí. Seguid con lo vuestro —contestó Abbie.

—Venga, el agua está estupenda —insistió él.

—No, de verdad, estoy leyendo…

—Venga, Abbie. Te necesitamos.

—No es verdad. No me necesitáis para nada.

—Yo te necesito —Damon sonrió mientras salía de la piscina con el niño en brazos—. Y si tú no vienes, tendré que ir yo a buscarte.

—No te atreverás.

—¿Eso es un reto? —riendo, Damon dejó al niño en el suelo y la tomó en brazos.

—¡Suéltame, estás mojado!

—Es asombroso lo que pueden decir tus labios mientras tu cuerpo dice todo lo contrario.

—A ti te pasa lo mismo.

—¿Ah, sí? ¿Y qué dice mi cuerpo ahora, señora Cyrenci?

—Dice: te adoro Abigail —susurró Abbie—. Y jamás se me ocurriría tirarte al agua…

El resto de la frase quedó ahogada cuando Damon se lanzó con ella a la piscina. Abbie sacó la cabeza del agua y lo fulminó con la mirada, pero él soltó una carcajada.

–Un poco de agua fría era justo lo que necesitabas.

–No era eso lo que me decías hace media hora –replicó Abbie, recordándole la *siesta*.

–Ah, es verdad.

Damon miró al niño, que se había sentado en la hierba para jugar con sus juguetes, y luego se volvió hacia Abbie para empujarla suavemente contra la pared de la piscina.

–¿Dónde nos habíamos quedado? –murmuró, inclinando la cabeza para buscar sus labios.

–Alguien podría vernos –protestó ella. Aunque sabía que no era verdad. La piscina estaba frente al mar y desde la casa nadie podría verlos. Además, le encantaba que Damon la besase.

–¿Quién va a vernos? ¿Una gaviota? Es el día libre de Elisabetta y Mario… –Damon miró al niño, que estaba concentrado haciendo una torre con bloques de plástico–. Está ocupado con otras cosas.

–Aun así…

–Tenemos que disfrutar el momento, cariño –la interrumpió él, acariciando sus pechos por encima del bikini–. Porque mañana vuelvo a trabajar.

–¿Ah, sí?

–Sí. Aunque me encanta acostarme contigo mañana, tarde y noche, tengo que volver a la realidad en algún momento.

–Sí, claro –murmuró Abbie, decepcionada. Le habría gustado que dijese «hacer el amor», pero sabía que eso era imposible.

–Te deseo tanto… estabas saliendo de la piscina el día que nos conocimos, ¿te acuerdas?

–Claro que me acuerdo –suspiró ella, cerrando los ojos.

–Estabas tan preciosa –musitó Damon–. Fue como si me hubieras hechizado. No podía dejar de pensar en ti después de eso.

–A mí me pasaba lo mismo –dijo Abbie, trémula.

De repente, él se apartó.

–¿Te pasó lo mismo? ¿Eso fue antes o después de que tu padre te dijera cuánto dinero había en juego?

–No tenía nada que ver con eso.

Pero Damon ya no estaba escuchándola. Se alejaba de ella, nadando hacia el otro lado de la piscina.

Abbie se colocó el bikini. No debería haber dicho nada. No deberían hablar del pasado, pero ella deseaba hacerlo desesperadamente. Quería que Damon supiera cuáles eran sus sentimientos y lo que había ocurrido entonces. Pero intentar atravesar esa barrera de desprecio era demasiado doloroso.

Suspirando, salió de la piscina y se envolvió en la toalla.

–Elisabetta tiene el día libre y le dije que no tenía que dejar la cena preparada –le informó cuando subía la escalerilla.

–Podemos cenar en el pueblo, si quieres… hay un nuevo restaurante muy elegante que seguramente te gustará. Y si vamos temprano podremos llevar a Mario.

–Prefiero hacer la cena yo misma.

–¿Sabes cocinar?

–Pues claro que sé cocinar –replicó Abbie–. Y me encanta.

–Bueno, si quieres…

–Pues sí, me apetece.

En ese momento se cayeron los bloques de la torre y Mario se puso a llorar.

–No llores, cariño –suspiró ella, tomándolo en brazos–. Tienes que aprender a ir despacio, un bloque cada vez.

Quizá era lo mismo con su matrimonio, pensó luego. Si iba paso a paso, día a día, quizá algún día lograría que Damon confiase en ella. No podía abandonar la esperanza.


Damon dejó los papeles que estaba estudiando y miró su reloj. Abbie le había dicho que la cena estaría lista a las ocho, así que había aprovechado el tiempo para trabajar un rato. Era la primera vez que entraba en el estudio en toda la semana. Pero, a partir del día siguiente, tendría que ir a la oficina todos los días. Y seguramente tendría que pasar más de una noche en su apartamento.

El problema era que, por primera vez en mucho tiempo, no le apetecía trabajar. Lo único que deseaba era estar con Abbie y con Mario.

Estaba bien sentir eso por su hijo… pero sus sentimientos por Abbie empezaban a preocuparlo. Sólo tenía que mirarlo de cierta forma o tocarlo de cierta manera y estaba en peligro de olvidar las lecciones del pasado. Era territorio peligroso.

Pero él no era tonto. Sabía lo que Abbie era. Y que fingiese haber sentido algo por él en el pasado… bueno, a él no iba a engañarlo.

Tendría que controlar sus emociones, se dijo. Y quizá era una suerte que tuviese tanto trabajo. Un poco de distancia era lo que necesitaba para colocar las cosas en su sitio.

Damon volvió a mirar el reloj y guardó los papeles en el maletín antes de salir del estudio. El trabajo podía esperar hasta el día siguiente. Además, sentía curiosidad por saber qué había preparado Abbie. No sabía que supiera cocinar. Y lo había sorprendido que no quisiera ir a un restaurante o pedir comida por teléfono.

Cuando iba a entrar en la cocina la vio en el salón, encendiendo unas velas. Había puesto la mesa con la mejor vajilla y la mejor cristalería… y la chimenea estaba encendida.

Damon vio que se atusaba el pelo con una mano, nerviosa. Estaba guapísima, pensó, apoyándose en el quicio de la puerta. Llevaba zapatos de tacón y el vestido negro abrazaba su esbelta figura como un amante. El escote y el pelo recogido dejaban al descubierto su largo cuello.

La deseaba tanto que le dolía y estaba a punto

de entrar para decírselo cuando vio que sacaba su móvil del bolso y marcaba un número a toda prisa.

¿A quién estaría llamando?, se preguntó, sorprendido.

Abbie se dejó caer sobre una silla. Tenía dos llamadas perdidas, las dos de los establos, y temía que hubiese ocurrido algo grave.

–Jess, soy Abbie. ¿Me has llamado?

–Sí, te he llamado. Mira, lo siento muchísimo…

–¿Qué ha pasado?

–Es tu padre. Ha estado aquí, exigiendo que le diera el número de tu móvil… y no aceptaba una negativa. Sé que no quieres hablar con él, pero al final tuve que dárselo. Y tuve que decirle dónde estabas. Se portó como un…

–No tienes que decírmelo, lo sé –la interrumpió Abbie–. Pero no te preocupes. ¿Cómo está Benjo?

–Está bien, pero te echa de menos –contestó Jess–. Todos te echamos de menos. ¿Cómo esta Mario?

–Bien, ahora mismo está dormido. Nosotros también os echamos de menos, por cierto.

El reloj del pasillo dio las ocho en ese momento y Abbie recordó la cena.

–Jess, tengo que colgar.

–Lo siento mucho, Abbie. Sé que no debería haberle dado tu número… ah, y después de decirle dónde estabas llamó a alguien llamado Lawrence.

–Lawrence Woods –murmuró ella, inquieta. Había esperado no tener que volver a oír ese nombre en toda su vida. Era el administrador de su padre.

–Le dijo dónde estabas y hablaron sobre no sé qué negocio.

Abbie se pasó una mano por el pelo, preguntándose qué estaría tramando su padre. ¿Por qué no la dejaba en paz?

–¿Dijo qué tipo de negocio era?

–No, sólo que estaba seguro de que ya lo tenían en el bote.

–En fin, no te preocupes, no pasa nada.

–Eso espero. Ese hombre es… horrible.

–Lo sé, pero también se cómo manejarlo. Cuídate. Te llamaré dentro de unos días.

Después de colgar, esa valentía la abandonó. Lo último que deseaba era tener que lidiar con su padre.

Pero John Newland ya no podía hacerle daño. Estaba a muchos kilómetros de allí y haría lo que había hecho en Santa Lucía, no contestar a sus llamadas.

–¿Qué tal va la cena, Abbie?

–Ah, bien –contestó ella, levantándose–. No te había oído. Creí que estabas en el estudio.

–¿Has estado hablando por teléfono?

Abbie vaciló un momento, preguntándose si habría escuchado la conversación. Entonces se dio cuenta de que preguntaba porque seguía teniendo el móvil en la mano. Pero no quería hablarle de su padre. Era un tema tan delicado entre ellos… y las cosas ya eran suficientemente difíciles.

–Estaba comprobando si tenía mensajes.

Damon la observó con el ceño fruncido mientras volvía a guardar el móvil en el bolso. Sabía por qué estaba mintiendo; la había oído mencionar un nombre que conocía bien: Lawrence Woods, la mano derecha de John Newland, el hombre al que había usado para arruinar a su padre.

Y luego Abbie había preguntado de qué clase de negocio se trataba…

Seguramente Newland estaba buscando a su hija. Y seguramente estaba muy impaciente por saber qué clase de acuerdo económico había conseguido con la boda.

Damon dio un paso adelante.

–¿Y tenías mensajes?

–No, nada. Bueno, tengo que volver a la cocina. ¿Por que no te sientas? Ponte cómodo.

Pero él no se sentó y cuando Abbie intentó salir del salón se interpuso en su camino.

–¿Pasa algo? –preguntó ella, inquieta.

–Dímelo tú.

–Sólo iba a apagar el horno…

Debería haber imaginado que estaba tramando algo cuando insistió en hacer la cena. Después de todo, había oído rumores de que John Newland estaba buscando dinero. Y seguramente Abbie le había contado que pronto podría sacarle lo que quisiera a su millonario marido.

Cuanto más lo pensaba, más evidente le parecía. Por eso había insistido tanto en cocinar para él. Por eso lo miraba de manera tan seductora. Abbie era una seductora que sabía cómo usar su atractivo femenino para conseguir lo que quería. Se lo había demostrado muchas veces.

—¿Damon?

—Dime una cosa, Abbie: ¿qué estás tramando?

—¿Perdona?

—¿Qué pasaba por esa cabecita tuya mientras encendías las velas?

El tono burlón la sorprendió.

—No estaba pensando nada. Sólo quería que la mesa estuviera bonita…

—¿Sabes una cosa? Si quieres algo de mí, no tienes que fingir que eres la perfecta ama de casa. Ya te he dicho que podría darte todo lo que quisieras. Lo único que exijo a cambio es que cumplas con tu parte del trato. No tengo que decir que no quiero que haya contacto entre tu padre y tú. Y, desde luego, no quiero que tengas nada que ver con sus sucios negocios.

Aquello la dejó estupefacta.

—Ya te he dicho que no quiero nada de ti —Abbie intentó apartarse, pero Damon la sujetó.

—¿Has hablado con tu padre?

—No, yo no hablo con mi padre.

—¿Eso es verdad? ¿Tan verdad como que estabas comprobando tus mensajes? Sé que estás mintiendo, Abbie. Te he oído hablar con alguien —Damon vio que se ponía pálida—. ¿Vas a decirme con quién?

—No hay nada que decir, era una llamada sin importancia —contestó ella, furiosa.

–¿Y si era una llamada sin importancia, por qué me has mentido?

–¡Porque no quería estropear la cena! Siempre quieres pensar lo peor de mí, ¿verdad?

–Preferiría que no fingieras ser lo que no eres

–Yo no estaba fingiendo nada. Esa llamada no tiene nada que ver contigo.

–Pero es suficientemente importante como para mentir sobre ella.

–¿Por qué no puedes confiar en mí, Damon?

–¿Por qué iba a hacerlo? Sólo me he casado contigo porque eres la madre de mi hijo… y por tu cuerpo, claro. Creo recordar que ése es el trato que hicimos.

No debería haberse sorprendido. Abbie sabía cuál era el trato, sabía lo que Damon sentía por ella. Sin embargo, después de una semana haciendo el amor, después de sentirse feliz con él, esas palabras fueron como una bofetada. Se había atrevido a soñar que Damon estaba ablandándose, que si tenía paciencia lograría que la viese de otra manera, pero ahora sabía lo ingenuos que habían sido esos sueños.

–Así que vamos a dejar de fingir, ¿eh?

–Yo no estoy fingiendo. Lo creas o no.

–Ya, claro. Anda, ve a la cocina antes de que quemes la casa.

–Si la casa se quema será culpa tuya, no mía.

Abbie se apartó de él pero, para su consternación, Damon la siguió.

–Bueno, ¿vas a decirme a quién has llamado? Y no quiero más mentiras.

–¡Vete al infierno!

–Quiero saber exactamente qué estás tramando.

–Yo no estoy tramando nada. Y, desde luego, no estaba hablando con mi padre. No he hablado con él en dos años.

Casi antes de que terminase de decirlo su móvil sonó en el salón.

–Me pregunto quién podrá ser –sonrió Damon, viendo que Abbie se ponía colorada–. Me apuesto lo que quieras a que es tu padre para decirte lo que tienes que hacer.

–Yo no acepto órdenes de mi padre –contestó ella.

–No, claro que no. ¿Pero podría ser él?

Abbie se encogió de hombros. No tendría sentido contarle que Jess había tenido que darle su número de teléfono, un número que no había tenido en dos largos años. No valdría de nada.

–¿Quieres que conteste por ti?

–No, por favor. Damon, no contestes.

–Ah, entonces vas a decirme la verdad.

Para alivio de Abbie, el móvil dejó de sonar.

–Ya te he dicho la verdad.

–Supongo que quiere dinero ahora que está arruinado. He oído que andaba haciendo de las suyas otra vez.

–No sé qué está haciendo. No quiero saber nada de él. Y ésa es la verdad.

–Eres una gran actriz, Abbie –sonrió Damon.

Jamás la creería, pensó ella, acongojada. De modo que se dio la vuelta para sacar la bandeja del horno, aunque le daba igual la cena. Tenía un nudo en el estómago y no sería capaz de probar bocado.

Damon estaba furioso con ella pero, al mismo tiempo, no podía dejar de notar cómo la falda del vestido se levantaba por detrás, cómo se ajustaba a su precioso trasero.

Era una seductora, pensó, pasándose una mano por el pelo. Pero lo había sabido desde el primer día. Cualquier debilidad que hubiera sentido cuando ella lo miraba con sus engañosos ojos azules era una soberana estupidez.

Claro que tramaría algo con su padre si tenía oportunidad… eso era lo que hacía, lo que siempre había hecho.

Lo único que podía hacer él era vigilarla y seguir con el plan original, usarla como una vez lo había usado ella.

–¿Cuál es el menú esta noche?

Abbie lo miró, indecisa.

–He decidido hacer una receta siciliana. Le he preguntado a Elisabetta qué te gustaba.

–¿Ah, sí? Debo decir que, aunque sé que es una de tus tretas, me parece buena idea.

–No es ninguna treta –protestó ella–. Quería que esta noche fuese especial.

–Tú siempre puedes hacer algo especial para mí –replicó Damon. Y su tono no dejaba lugar a dudas.

Pero si la tocaba en aquel momento, estaba segura de que se rompería.

—Ven aquí.

—Damon…

—Ven aquí, Abbie —repitió él. Y, después de un segundo, ella hizo lo que le pedía—. No vuelvas a mentirme —le dijo, levantando su barbilla con un dedo—. Ahora eres mía, Abbie. En cuerpo y alma. No lo olvides.

¿Cómo iba a olvidarlo si el mero roce de sus dedos era como un hierro que la marcaba como suya, haciéndola temblar de deseo?

Damon inclinó la cabeza para besarla. Había furia en el beso, aunque también era dolorosamente apasionado. Y, antes de que pudiese evitarlo, estaba respondiendo. ¿Cómo podía darle tanto placer y, al mismo tiempo, hacerle tanto daño?

Odiaba las cosas que le decía, pero seguía deseándolo, seguía amándolo. Y se odiaba a sí misma por esa debilidad.

—¿Quieres que subamos a la habitación? —le preguntó con voz ronca.

—No —contestó él, metiendo crudamente la mano bajo su vestido—. Te quiero aquí.

# Capítulo 10

DAMON miraba el oscuro techo de la habitación. No había podido cansarse de Abbie esa noche. La había tomado una y otra vez y ella respondía con el mismo ardor…

La había poseído con fría determinación, como intentando purgar el deseo que sentía por ella. Lo extraño era que, por muchas veces que lo hiciera, ese deseo seguía vivo.

Damon recordó cómo se entregaba… con ese brillo de timidez y deseo en los ojos, la fiera y desatada forma de responder cuando la besaba.

–No te he mentido, Damon –le había dicho en medio de la noche–. Pero tienes razón sobre una cosa: soy tuya.

Esas palabras habían estado torturándolo desde entonces. Se odiaba a sí mismo por tomarla de esa manera, pero...

Si Abbie hubiese intentado apartarse él no habría hecho nada, pero se entregaba de tal forma, tan completamente, tan… cariñosamente.

Damon frunció el ceño.

También se había entregado cariñosamente en Palm Springs. O eso había creído él. Era una falsa.

Estaba empezando a amanecer y los primeros rayos de sol entraban en la habitación. Damon se tumbó de lado y miró a Abbie, dormida, apartando un mechón de pelo de su cara.

Su piel era perfecta, sus pestañas largas y espesas y sus labios infinitamente seductores. Había en ella una cualidad casi etérea. Era tan delicada, tan vulnerable.

Claro que todas las rosas tenían espinas, se recordó a sí mismo.

De repente, Abbie abrió los ojos.

—¿Qué hora es?

—Casi las siete.

—¿Por qué te has despertado tan temprano?

—Tengo que irme a trabajar —contestó él, dándose la vuelta.

—¿Tienes que irte tan pronto? Podríamos pasar el día juntos y…

—No, no lo creo —la cortó él—. Tengo que comprobar que mi negocio sigue funcionando perfectamente. Además, supongo que querrás que me encargue de seguir ganando dinero, ¿no?

Ella cerró los ojos, agotada.

—Déjalo, Damon.

—Sólo estoy siendo práctico —le espetó él. Así era como tenía que tratar con ella, no dejaba de repetirse a sí mismo—. ¿Por qué no te vas de compras? Ya ha llegado tu tarjeta de crédito. Sólo tienes que firmarla.

—No necesito nada.

—Seguro que se te ocurre algo.

Abbie respiró profundamente, intentando acostumbrarse a la realidad de su vida. Damon había obtenido placer con ella sin molestarse en fingir que la quería y, sin embargo, había creído notar algo en sus besos… algo más que simple deseo sexual.

Pero estaba intentando agarrarse a algo intangible. O quizá estaba intentando justificar cómo respondía ella.

—¿A qué hora volverás esta noche?

—No lo sé. Supongo que volveré tarde.

—Muy bien.

Algo en su tono de voz hizo que Damon no pudiera seguir mostrándose tan frío.

—Ve a pasarlo bien, Abbie. Cómprate algo o cómprale algo al niño. El límite de crédito de tu tarjeta…

—¡No quiero gastar dinero, Damon! ¿Por qué te niegas a escucharme? Quiero pasar tiempo contigo. Quiero conocerte mejor… —no terminó la frase al darse cuenta de que no serviría de nada.

—¿Quieres conocerme mejor? —Damon se apoyó en un codo para mirarla—. ¿Qué quieres saber exactamente?

—No lo sé… todo —Abbie se encogió de hombros—. Podrías enseñarme la isla. Decirme dónde naciste, dónde te criaste de niño.

Él soltó una carcajada.

—Te llevarías una desilusión.

–¿Por qué?

–Bueno, supongo que la casa familiar contaría con tu aprobación, pero hay que hacer reformas porque lleva mucho tiempo vacía. Pero sólo viví allí hasta los ocho años –de nuevo, Damon volvió a tumbarse de espaldas–. Mi padre lo perdió todo entonces y tuvimos que mudarnos. Y no creo que te interesara ver dónde viví durante los diez años siguientes. No era precisamente el mejor sitio de Sicilia.

–¿Tu padre lo había perdido todo… antes de lo que pasó en Las Vegas?

–Sí, pero luego lo recuperó y volvió a comprar la vieja casa. Y volvió a perderla de nuevo en Las Vegas. Qué raro, ¿no? –Damon miró al techo–. Se arriesgaba demasiado, era un aventurero.

–¿Tu madre lo dejó cuando se quedó sin dinero?

–Sí. Supongo que no era fácil vivir con mi padre y a ella… en fin, a ella le gustan los lujos.

–¿Le gustan? ¿Sigue viva?

–Oh, sí, ahora vive en el sur de Francia, creo. Volvió a casarse con otro millonario hace tres años –Damon se quedó callado un momento–. Entiendo que dejase a mi padre. Vivir con alguien que se arriesga todo el tiempo debe ser muy difícil. Aunque era una buena persona.

Abbie vio una sombra de dolor en sus ojos. Su infancia no debía haber sido fácil. Ella entendía que una mujer dejase a su marido, pero no a su hijo. Y Damon tampoco debió entenderlo entonces.

—Pero no te preocupes, yo no suelo arriesgarme.

—No estaba pensando en eso.

—Mis riesgos siempre están calculados.

—Eso ya lo sé. Calculas los riesgos no sólo en los negocios, también en tu vida personal.

Él no dijo nada y Abbie se preguntó si, inadvertidamente, habría encontrado su talón de Aquiles. Quizá, por culpa de su madre, pensaba que todas las mujeres estaban más interesadas en el dinero que en el amor. Y su teoría había sido reforzada al conocerla a ella en esas circunstancias…

—Me gustaría ver el sitio en el que viviste cuando tu padre se arruinó.

—No, quizá otro día. Tengo que ducharme y creo que Mario acaba de despertarse.

Abbie lo observó entrar en el cuarto de baño. Luego, con un suspiro, se puso la bata. Ese momento de armonía había sido otra ilusión. La realidad era que seguramente su marido lamentaba haberle contado todo aquello.

Damon se marchó a la oficina una hora después y Abbie lo despidió en la puerta, con el niño en brazos.

Estaba tan preciosa, pensó. Y era tan joven. A veces olvidaba que sólo tenía veintiún años porque, en muchos sentidos, era muy madura para su edad. Pero todo en ella era engañoso, se recordó a sí mismo por enésima vez. Sabía muy bien cómo hacerse la inocente.

Sacando unos papeles del maletín, Damon intentó concentrarse en los números, pero no dejaba de ver la cara de su mujer.

«Me gustaría ver el sitio en el que viviste cuando tu padre se arruinó».

No, todo era una artimaña. Se quedaría horrorizada al ver dónde había vivido. Aunque vivir en la pobreza había endurecido su carácter. Todo lo que había logrado en la vida lo había logrado con su propio esfuerzo. Abbie no entendería eso... ni siquiera estaría interesada.

Entonces, ¿por qué parecía interesada?

«¡No quiero gastar dinero, Damon! ¿Por qué te niegas a escucharme? Quiero pasar tiempo contigo. Quiero conocerte mejor».

No le había pedido un céntimo, incluso protestó cundo le dijo que fuese a comprar un traje para la boda. Y se había negado a aceptar el diamante...

«No te he mentido, Damon».

¿Por qué no dejaba de pensar en ella? Abbie estaba mintiendo. ¿Y por qué iba a arriesgarse? Un matrimonio de conveniencia era lo que él quería. Un matrimonio donde lo tuviese todo controlado, sin espacio para las emociones. Abbie y él se entendían en la cama y también era una buena madre para Mario, eso era lo único que le interesaba.

«Calculas los riesgos no sólo en los negocios, también en tu vida personal».

Damon arrugó el ceño al recordar esas palabras. Porque tenía razón.

Lo que había sentido por Abbie en Las Vegas lo había turbado incluso antes de saber que estaba de acuerdo con su padre para engañarlo. Porque él no confiaba fácilmente, nunca lo había hecho. Casarse con Abbie en sus términos, cortando toda posibilidad de una auténtica relación, le había parecido lo mejor.

«No le he dado la menor posibilidad».

La limusina estaba parada en un atasco y Damon tuvo que aflojarse el nudo de la corbata, nervioso. No le había dado a Abbie una sola posibilidad de demostrar que había cambiado.

De repente, Damon bajó el cristal que lo separaba del conductor.

—Federico, llévame de vuelta a casa.

Antes de ir a trabajar tenía que hablar con ella, tenía que poner fin a aquella obsesión.

Abbie se sintió más sola que nunca cuando Damon se marchó y, suspirando, entró en la cocina para darle a Mario su desayuno mientras charlaba con Elisabetta.

El timbre de la puerta las tomó a las dos por sorpresa.

—Voy a ver quién es —dijo el ama de llaves.

Un minuto después oyó una voz familiar, una voz que la dejó petrificada.

–Sí, he llegado esta mañana. Tengo negocios aquí y he pensado pasar para saludar a mi hija.

La puerta de la cocina se abrió en ese momento.

–Abbie, es tu padre –sonrió Elisabetta–. Qué sorpresa, ¿verdad?

–Hola, cariño –dijo John Newland, sarcástico.

No había visto a su padre desde que se marchó de Las Vegas dos años antes, pero estaba como siempre. Nunca había sido exactamente atractivo. Debido a su amor por la buena comida y los buenos vinos era más bien grueso y parecía mayor de lo que era. Y, como siempre, llevaba un elegante traje de chaqueta gris.

–¿Quieres que haga más café? –sonrió Elisabetta.

–No, gracias, mi padre no va a quedarse –contestó Abbie.

–Claro que voy a quedarme. Quiero ver a mi nieto –la contradijo John–. Pero si no le importa... ¿podría dejarnos unos minutos a solas? No he visto a mi hija en algún tiempo y no nos despedimos... amistosamente.

–¿No nos despedimos amistosamente? –repitió ella, airada–. ¡Fue mucho más que eso!

–Sí, bueno, yo tengo cosas que hacer... –empezó a decir Elisabetta, avergonzada. Y antes de que Abbie pudiese decir lo contrario, el ama de llaves salió de la cocina.

–Bonita casa –dijo John, mirando alrededor–. Veo que te va muy bien.

—No sé cómo te atreves a venir aquí.

—Francamente, esperaba un poco más de gratitud por tu parte.

—¿Gratitud por qué? ¿Por qué iba a estarte agradecida? Lo único que has hecho es intentar destrozar mi vida y la de mi madre.

—Cambia el disco, Abbie. Si no fuera por mí, tú no tendrías todo esto —le espetó él—. Fui yo quien le dijo a Damon que tenía un hijo. Sospechaba que mordería el anzuelo y veo que no me he equivocado.

—Quiero que te vayas de aquí. Ahora mismo.

—Abbie, un poco más de respeto —sonrió John Newland, dejándose caer sobre una silla—. Ah, aparentemente éste es el heredero. Se parece a su padre.

—Aléjate de él.

Sonriendo, Mario alargó una manita hacia su abuelo y Abbie vio, horrorizada, cómo su padre apretaba la mano del niño.

—Hola, amiguito.

—¡Aléjate de él! —repitió, furiosa.

—Sólo estoy saludando a mi nieto, no hace falta que te pongas histérica.

—¿Qué has venido a buscar aquí, dinero?

—Sí, claro. He estado hablando con Lawrence y él cree que una suma de cinco cifras podría solucionarme la vida por el momento.

—Yo no tengo dinero. Y aunque lo tuviese, no te daría un céntimo.

–Tu actitud es muy poco razonable, Abbie. Después de todo, somos socios en este matrimonio tuyo.

–¿Qué? Yo no soy tu socia en nada, no lo he sido nunca.

–Eres mi hija, cariño.

–¿Tu hija? ¿Se trata a una hija como tú me has tratado a mí?

–Hasta hace poco tiempo siempre nos poníamos de acuerdo…

–¿Pero qué estás diciendo? ¡No había vuelto a hablar contigo desde que mi madre murió! ¡Me chantajeaste una vez para que te ayudase con tus sucias tretas y tuve que hacerlo porque mi madre estaba enferma, pero no pienso hacerlo nunca más!

En ese momento Abbie oyó un ruido tras ella y, al darse la vuelta, se encontró con Damon.

–Vaya, mira lo que ha salido de debajo de una piedra.

John Newland se volvió, soprendido.

–Me alegro de volver a verte, Damon –le dijo, con un falso tono amable.

–Vete de aquí, Newland.

–No puedes echarme. Tengo derecho a estar aquí. Abbie es mi hija y Mario es mi nieto…

–No, son *mi mujer* y *mi hijo*. Y ahora vete de aquí antes de que llame a la policía para que te detengan por allanamiento de morada.

–No digas tonterías. Estás cometiendo un error… Abbie me invitó a venir.

–No, tú estás cometiendo un error –lo interrumpió Damon, con tono amenazador–. Y si no te vas de aquí ahora mismo te echo con mis propias manos.

Su padre, acobardado, salió de la cocina sin decir una palabra más y Abbie se dejó caer sobre una silla, sintiéndose enferma.

–Yo no le he invitado a venir.

Damon se quedó en la puerta con los puños apretados, como si estuviera intentando controlar su furia.

–No me crees, ¿verdad?

Después de la discusión sobre la llamada telefónica la noche anterior, probablemente pensaría que estaba haciendo negocios con su padre.

Mario empezó a llorar en ese momento y Abbie se levantó a toda prisa para tomarlo en brazos.

–No pasa nada, cariño. Tranquilo, todo está bien.

Damon se dio la vuelta entonces.

–Espera, tenemos que hablar –lo llamó ella.

Pero un segundo después oyó que se cerraba la puerta de la casa.


Abbie había querido correr tras él, tomarlo del brazo y hacer que la escuchara. Pero no habría servido de nada.

Eran las tres de la tarde y Damon no había vuelto a casa. O estaba furioso con ella o no le importaba y seguía trabajando como si no hubiera pasado nada. En cualquier caso, la esperanza de que su matrimonio funcionase algún día había muerto del todo, pensó.

Damon jamás la creería. Seguramente pensaba que en cuanto se fue a la oficina había llamado a su padre...

Mario estaba llorando otra vez. Había estado lloriqueando todo el día y no quiso dormir la siesta después de comer.

—No pasa nada, cariño —susurró Abbie, apretándolo contra su corazón. Pero también ella tenía ganas de llorar. Aunque eso no resolvería nada.

A Mario le estaban saliendo las muelas, pero cuando intentó ponerle la pomada para que no le doliesen las encías, el niño la apartó de un manotazo.

—Tengo que ponerte esto para que no te duela, cariño. Venga, vamos un rato al jardín, a ver si te animas un poco.

Pero Mario estaba cada vez más inquieto y tanto Abbie como Elisabetta empezaban a preocuparse de verdad.

—¿Quieres que llamemos al médico?

—Llama tú si no te importa... por si acaso no hablan mi idioma.

—Ah, claro —Elisabetta entró en la cocina y volvió unos minutos después—. Tienes cita a las cuatro y media. ¿Te parece bien?

—Sí, estupendo.

—¿Crees que debemos llamar al señor Cyrenci?

—Seguramente tendrá mucho trabajo —contestó Abbie—. No lo sé… sí, quizá debería llamarlo. Pero no sé si su secretaria habla mi idioma.

—Llámalo al móvil. Yo me quedo con Mario mientras tanto.

Aunque el ama de llaves la había dejado sola, Abbie tardó unos minutos en decidirse. No le apetecía nada volver a oír el tono helado de su marido y menos escuchar reproches de ningún tipo. Pero tenía que llamarlo.

—¿Damon? No quería molestarte, pero Mario no se encuentra bien y he decidido llevarlo al médico.

—¿Qué le pasa?

—Lleva todo el día llorando y tiene algo de fiebre. Tengo cita con el médico a las cuatro y media.

—Muy bien, iré a buscaros a las cuatro.

—No hace falta que vengas, sólo quería decirte que vamos al médico…

—De todas maneras, voy a ir.

Damon colgó antes de que Abbie pudiera discutir, pero cuando se reunió con Elisabetta en la cocina no tuvo tiempo de seguir pensando en la conversación porque era evidente que Mario se encontraba peor. Estaba aletargado y parecía perder el conocimiento de tanto en tanto.

—¿Sabes una cosa? No voy a esperar a las cuatro y media, Elisabetta. Voy a llevarlo a Urgencias ahora mismo.

—¿Quieres que llame a Federico?

—Sí, por favor, dile que traiga el coche ahora mismo. No podemos esperar más.


Damon llegó al hospital diez minutos después que ella. Abbie lo vio acercándose por el pasillo, tan decidido, tan fuerte, y dejó escapar un suspiro de alivio. El pasado no importaba en aquel momento, lo único que importaba era que lo había dejado todo para estar con su hijo.

—¿Cómo está?

—Acaban de llevárselo —contestó ella—. Estaba tan malito...

No pudo terminar la frase porque Damon la tomó entre sus brazos, apretándola con todas sus fuerzas.

—Tranquila, no va a pasar nada.

—¿Crees que se pondrá bien? —susurró Abbie, desesperada—. Todo ocurrió tan rápido. No sabía qué hacer.

—Has hecho lo que debías, cariño, traerlo al hospital. Y se pondrá bien, ya verás.

Un médico salió al pasillo en ese momento y se dirigió hacia ellos.

—¿Cómo está? —preguntó Abbie.

—Estamos haciéndole... pruebas —el médico no hablaba bien su idioma y tuvo que dirigirse a Damon en italiano.

—¿Qué te ha dicho? —preguntó ella después.

—Que están haciéndole pruebas. Por el momento, no saben lo que puede ser.

—¿Para qué son esas pruebas?

—Ven, vamos a sentarnos —dijo Damon.

—Pero yo quiero ir con él. Tengo que estar con el niño…

—Aún no. Vamos a sentarnos.

—Dios mío, está muy mal, ¿verdad? —exclamó Abbie, angustiada.

—Sospechan que podría tener meningitis —respondió Damon, apretando su mano—. Pero Mario es muy fuerte. Y lo bueno es que lo has traído aquí rápidamente.

—¿Meningitis? —repitió ella, incrédula—. No sé qué haría si lo perdiera, Damon. No podría soportarlo…

—No vas a perderlo —él apretó su mano de nuevo—. Están cuidando de Mario y harán todo lo que tengan que hacer, no te preocupes.

Estuvieron allí lo que le pareció una eternidad, de la mano, sin decir una palabra. Una enfermera les ofreció un café, pero ninguno de los dos podía tomar nada.

—Se va a poner bien, Abbie —repitió Damon—. Es un superviviente, como su madre.

Ella intentó sonreír, pero no podía. El roce de su mano era tan maravilloso, tan consolador y, sin embargo, tan doloroso. Porque si no fuera por su mutuo amor por Mario, no estarían así.

Damon suspiró, angustiado. Encontrar a John

Newland en su casa había sido una sorpresa. Y escuchar la conversación con su hija, una sorpresa mayor.

Se había sentido como un canalla. Por eso se fue de la casa, tenía que pensar. No quería volver a cometer otro error porque ya había cometido tantos…

El médico que había hablado con ellos en el pasillo apareció entonces y los dos se levantaron a la vez. Y esta vez el hombre estaba sonriendo.

–Tengo… ¿cómo lo llaman ustedes? Buenas noticias.

–Gracias a Dios –suspiró Abbie.

–El niño tiene una infección vírica, pero no es meningitis –le explicó Damon después de hablar con el médico en italiano–. Se pondrá bien en un par de días.

–Gracias –Abbie apretó la mano del médico y luego, impulsivamente, se echó en los brazos de su marido.

Era tan maravilloso estar cerca de él en aquel momento, tener a alguien con quien sabía que podía contar. Pero, al mismo tiempo, esa sensación de felicidad se veía empañada por el dolor de saber que el único lazo que había entre ellos era el niño.

Nunca habría nada más y, por eso, Abbie se apartó.

–¿Podemos verlo?

Ahora que Mario estaba mejor, no podía permitirse el lujo de apoyarse en él. Porque Damon no permitiría que volviese a hacerlo.

Abbie salió del hospital y respiró profundamente el aire fresco de la mañana. Damon y ella se habían quedado con su hijo durante toda la noche, esperando. Afortunadamente, la fiebre había remitido y, por fin, a las seis de la mañana, Mario sonreía otra vez.

Cuando el niño volvió a dormirse, Damon insistió en que fuera a casa un rato y Abbie decidió no discutir.

Estaba exhausta mientras esperaba que Federico fuese a buscarla a la puerta del hospital. La tensión de los días anteriores, su miedo por Mario, el encuentro con su padre... todo eso la había dejado agotada. Pero sólo iría a casa para darse una ducha y cambiarse de ropa y volvería enseguida. Damon tenía que descansar un poco. Sentados uno al lado del otro en la habitación, Abbie se había dado cuenta de que también él estaba agotado.

Pero aún no habían aclarado lo que pasó con su padre y ella sabía que no serviría de nada contarle la verdad. No podían seguir así. Esa relación sin confianza la estaba destrozando y, seguramente, destrozándolo a él. Damon no confiaba en ella y no lo haría nunca. Aquel matrimonio no era bueno para ninguno de los dos. Y tampoco lo era para Mario.

Pero cuál era la alternativa, ¿el divorcio? Por primera vez, Abbie tuvo que admitir que seguramente sería la única salida. Pero si se divorciaban no podría volver a Santa Lucía porque había perdido la casa gracias a los manejos de su padre. Además, era evidente que Damon quería mucho al niño y no podía arrebatárselo. Incluso después de que el médico les dijera que iba a ponerse bien, la expresión de angustia no había desaparecido del rostro de Damon.

No, su única opción si decidían divorciarse sería buscar un apartamento y un trabajo en Sicilia. No quería terminar así, pero seguramente era lo mejor para todos.

–¿Elisabetta? –llamó a su ama de llaves cuando entró en casa. Pero no contestó nadie.

Quizá se había echado un rato, pensó. La pobre también estaba muy preocupada por Mario y, aunque Damon la había llamado por teléfono desde el hospital, seguramente no habría dormido bien.

Abbie acababa de salir de la ducha y estaba poniéndose la bata cuando oyó ruido en el pasillo.

–¿Elisabetta? ¿Eres tú?

–No, soy yo.

Para su sorpresa, Damon acababa de aparecer en la habitación.

–¿Qué haces aquí? ¿El niño está bien?

–Sí, Mario está bien. El médico me ha dicho que seguramente le darán el alta hoy mismo. Pero tenían que hacerle unas pruebas y no dejaban que me quedase...

–Ah, muy bien.

Los dos se quedaron en silencio un momento.

–Llevabas esa bata cuando llegué a tu casa en Santa Lucía –dijo Damon entonces.

–Sí, lo sé. Han pasado muchas cosas desde entonces, ¿no? Nos hemos casado… –Abbie se pasó una mano por el pelo–. Y ahora todo es tan complicado.

–Quieres el divorcio, ¿verdad? –preguntó Damon, sombrío.

–Creo que los dos sabemos que es absurdo seguir así –suspiró ella.

–Abbie, no lo puedo soportar. Sé que no tengo ningún derecho a pedirte esto pero… no puedo soportar la idea de que te vayas.

Ella lo miró, perpleja

–Bueno, en cualquier caso no puedo irme porque sigues teniendo mi pasaporte.

Damon se pasó una mano por el pelo. No podía creer que le hubiera hecho aquello… que la hubiese atrapado allí contra su voluntad, que la hubiera utilizado.

La conversación que mantuvo con su padre lo había puesto enfermo. Saber la verdad había abierto un abismo de culpabilidad y desesperación dentro de él que estaba seguro no se cerraría nunca. Ahora entendía la razón para la tristeza que había en sus ojos cuando lo miraba; Abbie era inocente de todos los cargos. Era una víctima de su padre, como lo había sido él.

Esa conversación había confirmado lo que él quería creer, que no era una mentirosa, que no era una mercenaria, todo lo contrario.

Pero la revelación había llegado demasiado tarde.

Le había hecho tanto daño atrapándola en un matrimonio que no quería, arrancándola de su casa, del sitio que ella llamaba su hogar en Santa Lucía…

¿Podría perdonarlo algún día?, se preguntó. Pero, aunque ella lo perdonase, Damon estaba seguro de que no sería capaz de perdonarse a sí mismo.

—Tienes que creer que yo no invité a mi padre a venir…

—Lo sé, no tienes que darme explicaciones –suspiró él–. Escuché la conversación.

—¿La escuchaste? Pero te marchaste sin decir nada…

—No me atrevía a mirarte, Abbie. Me odiaba a mí mismo por lo que te había hecho y cuando te vi tan angustiada… no podía soportarlo. Yo no sabía que hubieras sufrido tanto antes de conocerme.

Abbie no podía creer lo que estaba oyendo.

—¿Entonces me crees? ¿Crees que no intenté engañarte deliberadamente?

—Sí, te creo –suspiró él–. Y lo siento mucho. Me he comportado como un canalla contigo. Quería vengarme… sin saber que tú lo habías pasado peor que yo. ¿Por qué no me contaste lo de tu madre?

—Lo intenté, pero… me dolía mucho hablar de ello. Y tú te negabas a escucharme, te negabas a creerme. Todo lo que yo decía… tú le dabas la vuelta o lo despreciabas.

—Abbie, lo siento. No sé cómo pedirte perdón.

—Sé que te cuesta confiar en la gente, Damon. Tampoco yo sabía nada sobre tu madre antes de que me lo contases ayer. Supongo que, en realidad, sabemos muy poco el uno del otro.

—Me siento avergonzado… no sé cómo pedirte perdón. Haré lo que quieras, me iré de la casa si eso es lo que deseas.

—¿Irte de aquí? ¿Por qué ibas hacer eso?

—Siempre he pensado que era un hombre honesto y ahora me doy cuenta de que no es verdad. No lo he sido contigo. Te he tratado como un bellaco y me avergüenzo. Te he obligado a casarte contra tu voluntad…

—Damon…

—Si quieres el divorcio, te lo daré. Te daré todo lo que quieras.

—Yo no quiero nada. Pero sé cuánto te importa Mario y no quiero alejarte de él.

—Sí, Mario me importa mucho. Pero tú también me importas, Abbie.

—¿Yo?

La pregunta, hecha con tono de incredulidad, le rompió el corazón.

–He sido un imbécil. Creí lo que John Newland me contó sobre ti y olvidé que era un charlatán. Abbie, ¿podemos intentarlo otra vez?

Ella no quería creerlo, no quería hacerse ilusiones. Aquello era demasiado bonito.

–¿Porque hay química entre nosotros?

–No es sólo eso, cariño. Y no es sólo Mario. ¿Me dejas que lo intente? ¿Me dejas que intente demostrarte que puedo ser el mejor marido del mundo para ti?

Los ojos de Abbie se llenaron de lágrimas. Quería decir que sí, quería echarse en sus brazos, pero no podía hacerlo. No podía entregarse a él otra vez sabiendo que no la amaba. Que sólo lo hacía por su hijo.

–Hay química entre nosotros, ya lo sé, pero eso ya no es suficiente.

–No digas eso, por favor. No soy nada sin ti. Di que serás mi esposa para siempre. En la salud y en la enfermedad, en la riqueza y en la pobreza durante todo los días de nuestra vida. Di que dejarás que te quiera para siempre...

–¿Me quieres, Damon?

–Te quiero más de lo que puedo decir. He sido orgulloso y obstinado y... he tenido miedo de admitir mis sentimientos por ti, pero...

–¿Me quieres de verdad?

–Con todo mi corazón.

–No tienes que decir eso si no es verdad...

–Pero es verdad –la interrumpió él–. Sólo di que

vas a darme una oportunidad. Eso es todo lo que te pido. Sé que no me quieres. De hecho, supongo que me odiarás y me lo merezco. He hecho y dicho cosas terribles y no sé cómo pedirte perdón... por favor, deja que te compense por todo ello.

Abbie se llevó una mano al corazón, emocionada.

—Damon, te quiero. Me di cuenta de cuánto te quería el día que nos casamos. Siempre te he querido. Desde que nos conocimos en Las Vegas. Y no he dejado de quererte a pesar de todo.

—¿Me quieres? —su voz sonaba extraña.

—Te quiero mucho.

—Cariño... —Damon la apretó contra su corazón—. Abigail... siento mucho haberte atormentado. Lo siento, lo siento.

—Te quiero, Damon. Y quiero que el nuestro sea un matrimonio de verdad.

—Yo también, más que nada en el mundo —Damon se apartó un momento para besarla, un largo beso sensual que hizo palpitar su corazón—. Te quiero mucho. Y te necesito más.

—Yo también.

Damon la besó de nuevo, tomándola en brazos para llevarla a la cama.

—¡Tenemos que ir al hospital!

—Sí, pero primero quiero compensarte por todo lo que te he hecho.

—¿Y luego?

—Luego hay un par de frases sicilianas que tienes que aprender. Frases como: «te quiero», «te adoro» y «siempre estaré a tu lado».

–Me encantaría aprender todas esas frases, cariño mío –Abbie le echó los brazos al cuello sabiendo que, por primera vez en su vida, era realmente feliz.

# Bianca™

**¡Su mujer había vuelto… a su cama!**

¡Nadie esperaba que la mujer que había entrado en el despacho de PJ Antonides fuera su mujer!

Ally sólo había vuelto por una cosa: para que él firmara los papeles del divorcio.

Sin embargo, PJ no estaba dispuesto a firmar nada; no quería admitir que Ally ya no formaba parte de su vida. Cuando la atracción que había habido siempre entre ellos se hizo patente, comprendió que todavía podía hacerla suya…

## Siempre mía

### Anne McAllister

# Deseo™

## Lujo y seducción
### Charlene Sands

Trent Tyler siempre conseguía lo que se proponía, y no había mujer que se le resistiera. Ahora, el éxito del hotel Tempest West dependía de lo que mejor sabía hacer: seducir a una mujer; pero, irónicamente, en esta ocasión lo que más necesitaba de Julia Lowell era su cerebro.

El vaquero texano, que no había olvidado el tórrido romance que había vivido con Julia durante un fin de semana, la convenció fácilmente para que se convirtiera en su empleada… con algún extra. ¿Pero qué ocurriría cuando ella descubriera la verdad sobre su jefe?

**Para aquel hombre irresistible, ganar lo era todo**